Position

位置

2018

『位置』第十六号　発刊によせて

柳が艶やかな芽を吹き、桜前線が日本列島を北上するにつれ、各地は桜花爛漫、春たけなわの季節です。

おかげさまで『位置』第十六号が無事発刊の運びとなりました。

ご出稿頂きました六十七名の会員の皆様及び編集に携わられた方方に心より厚くお礼申し上げます。

今回の第十六号も、会員の皆様お一人お一人の人生と個性がにじみ出た、バラエティーに富んだ作品集になっているのではないでしょうか。

『位置』の発刊は年に一度、会員の皆様全員の作品発表の場として、重要なポジションを占めております。

ところで昨年は、一つの節目である十五周年の記念の集いを、皆様のご協力とご参加により、盛会裏に祝うことができました。

今年は二十周年への新たな第一歩の年、引き続き「良質のエッセイ」を目指して、共に頑張って参りたいと存じます。

皆様のご健勝とご健筆を祈り上げます。

二〇一八年四月

岡山県エッセイストクラブ会長　末廣從弌

『位置』（ポジション）のこころ（二〇〇三年四月創刊号巻頭言）

岡山県エッセイストクラブが産声を上げたのは二〇〇二年の三月でした。創立二年目の二〇〇三年四月に初の作品集『位置』（ポジション）を創刊することができました。

われわれメンバーは全員が激動の二〇世紀を生きてきました。エッセイがそれぞれの「自画像」であるとすれば作品はその生き方を確かめる、その人生の「位置」を検証するものでありましょう。

時代はまた言葉、文章の力を必要としています。ビジュアルとかデジタルとかの時代といわれながらも、言葉が衰退すれば民族が衰弱するのではないかという不安を社会は漠然と感じ始めています。われわれは言葉の力、美しさを後世に伝えることの大切さを自覚した集団ともいえましょう。

同時に親子・家族、地域社会のコミュニケーション、共生社会における言葉の表現力の大切さを検証し、その技術を磨く精進を怠らない集団として地域文化の中での確かな「位置」を占めたいと思うのです。

名誉会長　柳生尚志

目次

第三章

第四章

第五章

第六章

第七章

第一章

シチューの季節

明《あか》石《し》妙《たえ》子《こ》

朝食のテーブルにつきながら夫は、今朝は急に冷え込んだようだという。

九十歳の老齢の身体は早々に寒さに反応するのか、と思う。

牛乳を温めようかとたずねると、温めなくてよいといった。

パンとゆで卵を食べたあとピオーネを口に入れながら、そろそろシチューが欲しくなった。作ることにするかという。

昔、柳川筋の中鉄バス営業所の隣にあった中央グリルのシチューはうまかった。見た目はチョコレートを溶かしたような色合いで食べるとほのかに焦げ目を感じた。覚えているか、あの味を、大人の味というのはこの味をいうのだと、朝から若い日のことを思い出して懐かしんでいる。

今日の買い物にシチューの材料を加えること。

材料（4人分、煮込み料理は多目に作ると味がよくなる。残れば冷凍保存して後日食す）

玉ネギ5個（みじん切り）、ニンジン1本（大き目の乱切り）、小玉ネギ10個（薄皮をむく）、
牛肉（シチュー用）５００g（1人2個大き目に切る）、水カップ4、赤ブドウ酒大さじ4、

トマト1個（4等分に切る）、トマトピューレカップ1、サラダオイル大さじ4、スープの素3個、香辛料は、パセリ3本、ローリエ1枚、タイム、グロブ、ナツメグ、シナモン、塩、コショウ、それぞれ少々。

作り方

1　シチュー鍋にサラダオイル大さじ3を熱し、みじん切りの玉ネギを入れ茶色になるまでゆっくりいためる（30分以上）

2　1に水、トマト、赤ブドウ酒、スープの素、トマトピューレを加え強火で煮る。

3　牛肉にナツメグ、塩、コショウ少々と小麦粉を薄くふり、フライパンで焼き2に移す。

4　鍋が煮立ってきたらよく交ぜ、弱火にして丁寧にアクをすくい取り、フタをして約2時間煮続ける。

5　ニンジン、小玉ネギ、香辛料を加え1時間くらい煮続け味を調べ、うす味にととのえる。

（献立）ビーフシチュー、野菜サラダ、果物富有柿。

午前11時から始めて出来上がりは午後4時、所要時間5時間である。
自分の食べるものは自分で作るがモットーの私も途中集中力がとぎれイライラする。
それでも、あの中央グリルに近い味に出来上がった。

演じるより裏方が

秋《あき》月《づき》皓《こう》淳《じゅん》

生まれ故郷の岡山県新見市にUターンして三十五年余り。その間、新聞記者の仕事以外で何に情熱を燃やしたか？　今も続いているか？　そう問われたら、やはり演劇活動が一番――と答える。趣味と呼べるものはいくつかある。たとえば文章書き、映画や音楽の鑑賞。あるいは、落ちこぼれ寸前ながらも続いている地元の合唱団で歌うこと。写真を撮るのも好きだし、仏像探訪の旅にも出たい。しかし、三十五年前、元プロ劇団に所属していた古屋哲さん（彼もUターン組）と一緒に新見演劇サークルを立ち上げ、年一回ないし二年に一回くらいのペースで舞台を作り、今なお活動を続けているのだから、これが一番だろう。

本格的な演劇との出合いは、若いころイギリス・ロンドンで音楽集団「レッド・ブッダ」に加わったことだ。若き天才打楽器奏者ツトム・ヤマシタ率いる日本人と英国人との混成チームが音楽と演劇を融合したパフォーマンスを繰り広げており、大好評だった。私はそのチームで主に照明係として働いた。一度だけ無言劇部分に役者として出たが、ほとんど裏方だった。

三年間のヨーロッパ放浪を切りあげ帰国してからは演劇と縁がなかった。それが、生まれ故郷に戻ってすぐ古屋さんと出会い、どちらもまだ三十代前半だったから恐いものなしで突進した。「ロミオとジュリエット」「どん底」「セールスマンの死」「かもめ」など古典演劇や日本の民話劇「瓜子姫とアマンジャク」「三年寝太郎」など、あるいは私がオリジナル脚本を書いた郷土の歴史物「丸川松隠」や中世・新見庄の「たまがき」物語など、幅広く挑戦してきた。近ごろは役割分担がはっきりしていて、脚本は秋月、演出は古屋と決まっている。

そして、三十五年目に取り組んだのが現代劇「安芸津家のひとびと」で、二〇一七年十二月に上演する。物語は、新見の両親が東京に住む息子娘たちを訪ねて上京するが母親が突然亡くなり父親が田舎で独り暮らしに……と、どこかで見たような……そう、小津安二郎の「東京物語」と山田洋次監督の「東京家族」から拝借した筋書きだ。ただし、全編を〝でぇれぇ〟新見弁に書き換えたので「新見発　東京家族　安芸津家のひとびと」という新たな演劇に仕上がったと思う。この最新作では、私は脚本を書き、照明を担当する。たった一人暗い機械室にこもって調光卓を操作するのだが、演じるより裏方がいい。「丸川松隠」の時に役者として舞台に立ったけれど、記録用のビデオ映像で自分の役者ぶりを見て、あげぇなざまじゃったんか、こりゃいけんがな、もう出ちゃぁおえんぞ、と猛反省した。サークルの仲間は今でも「また出演してください」と、おだてるが、誘いに乗るつもりはない。

こんなふうにサークルの一員として余生を楽しめるのはありがたい。杖をつくようになっても仲間とワイワイ言いながら舞台づくりに関わっているだろう。やっぱり裏方として——。

ヒット・ドラマ必殺技

有《あり》木《き》恭《きょう》子《こ》

テレビドラマの制作現場にいるひとたちの最大の関心ごとは視聴率だそうだ。民放のドラマにはスポンサーがついている。十五秒のCMでおよそ二百万円程度をスポンサー側はテレビ局側に支払う。一時間もののドラマで十五秒のCMが十本入れば二千万円となる。ここで、視聴率が高ければ宣伝効果はあるが、視聴率が低いとテレビ局はスポンサー企業からCMの中断を通告されたりする。

そこで民放局は連続ドラマで視聴率を伸ばすことに血眼になるわけだ。先ごろ連続ドラマ「ドクターX」の続編が始まった。前編と同様に高視聴率をキープしているらしい。わたしも米倉涼子主演のこのドラマが好きだ。白い巨塔と呼ばれる大学病院で地位と権力をめぐって醜い争いを続ける医師たちをしり目に、なんの後ろ盾もないが知識と手術の腕だけはピカ一というフリーランスの（それも抜群のスタイルと美貌をそなえている）女医の活躍は小気味よい。たしかにリアリティに欠ける面もあるが、エンターテイメントとしては成功しているドラマといえる。しかし、これほど高視聴率が稼げるドラマを作り出すのは至難の業らしい。

そこでテレビ業界が視聴率稼ぎに頼るのが虎の巻で「ヒット・ドラマ必殺技」なのだとか。これは某テレビ局の某氏から聞いたものだからかなりの信憑性はあると思う。大まかな筋立ては、若い主人公が不治の病に罹り、その恋人は苦悩しながらも献身的な愛を主人公に注ぐ。そして二人はこれ以上ない深い愛情で結ばれる。が、そのかいもなくついには死が二人を引き裂くというものだ。この公式にのっとれば一定の視聴率は稼げるのだとか。これが困ったときの「トラの巻」なのだそうだ。

そういえば、今から遡ること半世紀も前になるが、この公式を地でいくようなドラマがあった。「愛と死を見つめて」というタイトルだったと記憶している。軟骨肉腫という難病に侵された二十歳そこそこの女性とその恋人の実話に基づいた物語である。みち子と恋人の實（まこと）は偶然病院で出会い、互いに惹かれるようになる。やがて、愛をはぐくみ永遠の愛を誓うが、死が二人の愛を引き裂く。この作品は書籍化され、ドラマ化され、かつ映画化もされた。そのどれもが空前の大ヒットを飛ばした。

さらに二十一世紀になってからも片山恭一著の『世界の中心で愛を叫ぶ』という青春恋愛小説も売り上げ何万部という記録を打ち立てた。そしてこちらも同じく映画化、テレビドラマ化もされた。同じく不治の病がらみの恋愛物語だ。主人公の女性と恋人、アキと朔太郎はともにティーンエイジャー。中学生のとき知り合い、高校生となった二人は恋に落ちる。ところがアキは白血病に侵され、しだいに病状は悪化していく。朔太郎の励ましもむなしくついにはアキは天国に召される。まあこんなストリーである。

上にあげた『愛と死を見つめて』と『世界の中心で愛を叫ぶ』の共通のテーマは恋の成就ではなく、死によって引き裂かれる愛と苦悩にある。恋人たちにとって障害が大きければ大きいほど恋は燃え上がる。そして死ほど大きな障害はほかにない。死と闘う恋人たちの愛はこのうえなく美化され、純化され、聖なるものへと昇華される。この世では結ばれない二人の愛に視聴者は胸を打たれ、その純愛に涙する。つまり視聴率を上げるにはもってこいのドラマに仕上がるわけだ。

恋は生ものなので、時間がたてばどんどん鮮度がおちていく。親の反対を押し切って駆け落ちまでした相手であっても、時間がたつと色あせこんなはずではなかったということになる。さらに結婚という社会的に認められた制度に組み込まれることで恋のボルテージは一気に下がってしまう。一方、不治の病ほど恋の炎をかきたてる障害はない。これを乗り越えようと二人の恋は一気に燃え上がるのだ。

死によって二人の純愛は決して色あせない美しい花となって完結する。これがヒット・ドラマの必殺技なるものだ。ただし、絶対条件として恋人同士は若く美しくなくてはならない。「花開く前に散るつぼみ」ほど人々の胸を打つものはないのだから。だけど言わせてもらえば、これは邪道のような気がする。プロの作家ならこういう安易な技に頼るのはちょっと卑怯ではないかしら、と。作家たるもの、正々堂々と視聴者や読者を感動させてほしいと思うのだが。

それにもかかわらず、恋+病気+死=感動、という公式を応用したテレビドラマは少なくない。死ぬのは恋人でなく愛妻であったり、やさしい夫であったり、はたまた愛する子どもであったりするバリエーションもあるが。

そういえば、不倫小説にもこの公式は応用されているではないか。ただし、この場合は病気に代わって不倫の恋という変形スタイルだ。一九九七年に出版された渡辺淳一著の『失楽園』がまさにそうだ。中年の既婚男女が出会い二人は恋に落ちる。世間から非難を受けて二人の恋はいっそう燃え上がる。が、この世ではかなわぬ恋の成就を願って二人は毒入りの葡萄酒で心中する。不倫にまつわるどろどろした汚れが死によって純化され美の結晶に変容する様を描きたかったのだろうか。テレビドラマ化されるや川島なお美、古谷一行主演のドラマは高視聴率を維持したまま終わった。

日常生活のなかでは、死は生とは対極にあり、タブー視される存在である。そのタブーをあえて恋愛ドラマに取り入れて、視聴者の心に非日常のゆすぶりをかけようとする作家やテレビドラマ制作者たち。その戦略はしたたかではあるが、甘ったるい後味の悪さが残る。たとえ安易なお涙ちょうだい公式であっても、テレビ局は視聴率を稼ぐためならなりふりかまわず頼らざるをえないのだろう。だから、「愛するものの死」をテーマにしたドラマが手を変え品を変えて生み出されるってわけ。もしかしたら制作側は、わたしたちの心の奥底に潜む「美しい死」への根強いあこがれを見抜き、これを利用しているだけなのかもしれないが。

高梁川

猪《い》狩《かり》恭一郎《きょういちろう》

（一）渡し船

およそ五十年前に、初めて高梁川と出会った。

倉敷の酒津公園横の堤防を越えた所に、一艘の渡し舟が繋がれている。酒津の工場に配属された私たち新入社員は、休日に数人で川向こうへの散策に出かけた。川べりに降り、渡し舟の小屋に居るおじいさんに、対岸の八幡山に行きたいと声をかけた。

船頭さんは気軽に舟を出してくれ、私たちは慣れた艪さばきに見とれた。舳先を対岸よりもややなめ川上に向けていながら、舟は川岸に直角に、目的の八幡山に近い岸に向けてゆっくりと動いている。八幡山の新緑は新しい芽吹きに彩られている。

いつか算数の時間で頭をひねった流水算を思い出した。川幅が与えられていて、流れの速さと船の速度がそれぞれいくらとしたら、真向いに着岸するにはどの方向に舵を向けるか、といった問題である。こんな所で算数が役に立っていたのかと、あらためて船頭さんを見る。

川底の石をひとつひとつ数えられるほどに水は澄んでいる。艪の動きによって生じたわずかな乱れを流れに置くようにして舟は進んだ。春の白い雲が、青空を映した水面にゆらいでいた。

渡し賃五円を出して舟を降りた私たちは、葦原に立って振り返った。浅瀬の石にあたって砕けた白い波がしらが次々と太陽を反射し、いま始まろうとしている私たちの青春の動悸と重なった。春の一日を過ごして下ってくると、酒津の船頭さんは、手を上げた私たちを迎えに来てくれた。川面に映る八幡山の緑色が濃く染まり始めていた。

今では渡し舟もその小屋もなく、私たちがあのときの船頭さんの歳になっている。当時五十人近くいた新入社員の内二十名近くは既にその人生をまっとうした。残された私たちにとっては早すぎる惜別であったが、今思い起こすこの川の渡し舟は、彼らの生きた姿を彷彿とさせる。

舳先を上流に向けた航海を続けて行き着いた岸辺は、彼らが模索を重ねながら懸命に生きて、最後に脳裏をよぎった充足の光景だったのではないだろうか。

上流には山陽自動車道と新幹線の橋梁がかかり、下流の船穂橋も新しくなった。しかし高梁川は今もゆったりとあの時のままに流れる。

いつかその源流に遡ってみたいと思いながら時が移っている。

（二）源流へ

二〇〇六年の秋、かねてから遡ってみたいと思っていた高梁川の源流に、友人Sとともに訪れた。地図によればその地は新見市千屋の北方、茗荷峠の付近である。

十一月五日、小春日和というには少し早い一日、高梁川に沿って新見への道一八〇号線を北上する。右岸の山々の濃い緑を映す川面と、時折広がる河岸段丘の明るさとを目にしながら走る。途中、支流の小田川を清音で、成羽川を高梁の手前で、めずらしく東から流入する小坂部川を井倉峡のやや上流で、西川を新見の手前で分離し、ほっそりした本流は新見からさらに一八〇号線沿いに遡行する。併走してきた伯備線は西川に沿って標高を上げ、谷田峠を経て米子に向かう。北上した高梁川は千屋ダムを過ぎると、これが本流かと見まがうばかりに川幅は狭くなり、千屋地区に達する。

前方になだらかな山容の花見山を、西には三角形が印象的な剣山を望見するようになると、後醍醐天皇の休み石を経て間もなく千屋温泉いぶきの里である。ちょうど産品即売会が開かれており、地元の方々は、よくぞ訪ねてくれたという感じで、源流への道筋を教えてくれた。

釣掘りはこちらという標識を折れていよいよ源流への登りに差し掛かる。釣堀では「車ではいけませんよ、そこから先の道はあるかなあ。気を付けていきなさいよ」と、とても行けそうもないと感じているらしい声援を頂戴する。

いよいよ車では限界という所で車を置いて歩き始めた。三頭の黒い放牧牛が草を食む横で、『高梁川・流域の概要』『建設省・岡山県・新見市』という標識を見る。これがやがて高梁川なのだという幼年期のせせらぎを耳にして、高梁川がぐっと親近感を増す。背丈ほどのすすきと膝丈ほどの熊笹が交互にやって来る。前方が開けて茗荷峠らしい鞍部が見える。時折せせらぎは右に左に位置を変え、それに沿う小道も徐々に細くなった。路を囲むように密集していた杉と檜が突然途切れて、直径五メートルくらいの池が現れた。案内の人が湧水池まで行ければ幸運ですよ、と言っていたところかとひとまず安堵する。

ますます道は狭くなり、すすきと熊笹をラッセルしながら行く。茗荷峠がぐっと開けて明るくなってくると、ずっと一緒にいたせせらぎが流れを止め、いつの間にか湿地になり、やがてそれも飛び飛びになった。高梁川の誕生が直ぐそこに来たという感慨がよぎる。

峠に近く、やや急な登りがあって、『高梁川源流　岡山・鳥取県境』の立て札を目にした。茗荷峠。標高千百八十八メートル。とうとうやってきた。百十一キロメートルを遡った。長年持ち続けた源流への思いを、古希は過ぎたが果たすことができた。峠にたって鳥取県を望み、今歩いてきた岡山県を振り返る。

午後になってやや曇ってきた空から、一滴二滴雨が落ちてきた。花見山を遠望していた私の、右肩近くの滴は鳥取県に落ちた。左肩をかすめた雨滴は岡山県である。ひとつは割合急な山肌を潤して日野川となり日本海に注ぐ。同じ雲から隣り合って落ちてきたもう一つの滴は高梁川となって三倍もの長い旅をしながら瀬戸内海に注ぐ。彼らは二度と会うことなく、それぞれの歩みを始める。

右肩君は日本海で西からやってきた対馬海流と一緒になって北上し、津軽海峡にまで旅するかもしれない。左肩君は今歩いてきた道を下り、途中で新たな隣人と一緒になって、瀬戸大橋を見上げることもあるだろう。瀬戸内海の水は鳴門海峡と豊後水道を通らなければ、太平洋には出られないから、多分瀬戸内海で蒸発する。また空に戻った時に、今度は誰と一緒になるだろう。

今までどこかで出会った人たちとの、またいつからか別々に歩いてきた人たちとの、それぞれの道に想いを重ねていると、Sに声をかけられて現実に戻った。

帰路には、Sとの出会いと再会とを反芻していた。入社後数ヶ月間の寮生活を同室で過ごし、その後は同じ社内ではあっても業務がら別々の地で仕事をし、定年後に岡山県に住むことになって交流が再開したのだった。そして残念なことに彼は今この世にいない。

二頭の放牧牛と黄葉した三本の落葉松に迎えられて、再び晴れあがった空のもと、いぶきの里に戻った。新見へ戻る途中少し回り道をして花見山の紅葉を満喫、本流の西側を流れる支流西川に沿って走り、新見の南で本流に合流した。暗くなった道を南下、高梁市付近で成羽川を合わせて大河の風格を備え始めた高梁川は、山陽新幹線の下をくぐってまもなく瀬戸内海である。

成羽川の源流は広島県の帝釈峡の近くである。茗荷峠でほんの近くに降りながら別れた雨滴もあるし、そこから数十キロも離れた帝釈峡に降った雨滴が、今左肩君と出会うかもしれない。

源流を訪れる旅は、人の出会いと別れを思い起こさせた。近くに居ながら出会うことなく別々の道を歩んだ人たち、六〇〇〇キロ離れた異国で思いもかけず出会った人たち、あらためて人の交流に想いを馳せた旅でもあった。

（三）河口へ　（二〇一六年行事への寄稿文…よって記載省略）

高梁川　延長……一一一キロ　水源の標高……一一八八メートル
流域面積……二六七〇平方キロ（岡山県一位。全国二三位）

ベルリン、ポツダム、そして日本

石《いし》垣《がき》明《あけ》美《み》

二〇一四年十一月五日、私はベルリン中央駅からドイツ連邦議会議事堂の前を通り、ブランデンブルク門を目指して歩いていた。道のわきには白い十字架がいくつも並んでいた。第二次世界大戦後にベルリンを東西に分け隔てていた壁を越えようとして銃殺された人々の名前と没年月日が記されていた。路面には、平行二列の煉瓦が線を描いて埋められていて、その線は道路に沿ったり、斜めに横切ったりしながら続いていた。その線のところどころには四角い金属板が埋められていて、近寄ってみると1961 - 1986と書かれていた。東西の壁があったところを示しているようだった。

戦後、ベルリンが東西に分割されたとき、王国時代に築かれた税関であるブランデンブルク門はその境目に位置した。分割されてからも十六年間はこの門をくぐって東西を行き来することができたという。一九六一年のある夜、頑強な壁がこの門に沿うように建設され、門は堅く閉ざされた。ドイツの暗い歴史である。それから二十八年がたった一九八九年十一月九日の夜、東ドイツの記者会見で、読まれるはずではなかった原稿が手違いによって読みあげられた。「東西の壁、すべての検問所から出国できる。即刻。」ラジオ放送でそれを聞いた東ベルリン市民たちは外の様子をうかがいにわらわらと家から出て、やがて群衆となってブランデンブルク門や検問所に押し寄せ、何も知らない警備員に詰め寄って開けさせてしまった。これが既成事実となり壁は崩壊した。当時すでに西ヨーロッパに向けて開門していたハンガリーを経由して、東ドイツから西側に亡命する人が後を絶たず、東ドイツの首脳も開門は不可避だと思っていたにちがいない。現首相のメルケルさんは当時、物理学の大学院生であったが、彼女もその夜、群衆と共に検問所をくぐったという。壁が崩壊したニュースは世界中に発信された。もちろん私も日本で聞いて、信じられない思いでテレビのニュースを見たことを覚えている。それから二十五年後、私はベルリンを訪れる機会を得た。夫が学術学会でベルリンに行くのに同行したのだ。夫は連日連夜の学会であるが、私はひとりでベルリンの街を見ることにした。日本を出発する数日前に、旅程の最終日の十一月九日が、壁の崩壊二十五周年記念日であることを知り、関連の本を一冊読んだ。壁の崩壊と解放という響きには歓喜と希望の雰囲気を感じ取った。私はベルリンについたらブランデンブルク門を見に行こうと決めていた。

そうして私は、平行二列の煉瓦の線をたどってブランデンブルク門にたどりついた。東側から門を見上げた。首が痛くなるほど大きな門である。幅六十五メートル高さ二十六メートル。目を閉じて、多くの人々がこの門に押し寄せた夜に思いを馳せた。

私は、レンガの線に誘われるようにさらに歩を進めた。ユダヤ人虐殺を悼むホロコースト記念碑は、街の中の広い敷地一面に、無数の墓標のようにみえる芸術作品として静かな存在感を放っていた。近代的なビルが立ち並ぶ大通りを離れ、路地を入ると当時の監視塔がひっそりと建っていた。高さは五メートルほどと小さくて、こんなものに人々は恐怖していなければならなかったのかと思うと悲しかった。街の石造りの古い建物には、ところどころにベルリン陥落時の銃撃戦の弾痕が残っていた。私は、まだ半日ほどしかベルリンを歩いていなかったが、この街が、第二次世界大戦と東西の壁の記憶を今も生々しく残していることを感じずにはいられなかった。壁の崩壊という喜びの前に、はてしない恐怖と絶望がそこにあったことを思い知った。

十一月六日、ベルリン市内にある王国時代の宮殿を訪れた。宮殿の庭の裏口から入ると、林の中から宮殿が現れた。私をしばし、中世ヨーロッパの物語の中にいざなってくれた。宮殿の中のすべての部屋は肖像画や宝物、装飾品で飾られていた。宮殿を出て街に向かって歩きはじめると、大きな通りにはリンデンバウム（菩提樹）の並木が黄色く紅葉していて、落ち葉が広い歩道を埋めていた。リンデンバウムの葉の裏は白いので、歩道は白と黄色にちりばめられて美しかった。その上を歩きながら、私は、宮殿の余韻もそこそこに、昨日見たベルリンの街のことを思い出していた。ドイツを東西に分けるという戦後処理が話し合われたのはポツダム会議。そして、そこでは日本人には忘れることができないポツダム宣言が採択された。ドイツの分割と日本に落とされた原爆は、ポツダムという一つの地点でつながっている。そうだ、ポツダムに行ってみよう。たしか、ベルリンから電車で行けるはずだ。私は、落ち葉を踏みしめながら、ポツダムに行くことを決心した。

十一月七日、ポツダム行きの電車に乗る。めざすはポツダム会議の場所、チェッチリエンホーフ宮殿である。四〇分ほどで電車はポツダム中央駅に到着した。そこからトラムとバスを乗り継いで行かねばならない。いろんな番号をつけたトラムが駅前を行き来していた。ガイドブックに書いてある通りの番号の乗り場を見つけて、やってきたトラムに乗った。車窓からは、爆撃を受けていない古い建物そのままの街並みが見えた。バスに乗り換えるために下車したものの、見つけたバス停の標識には廃止を示す大きな×印が書かれていた。地球の反対側で一人ぼっちの迷子になってしまった。日本に帰れないかと青ざめた。自分に、大丈夫と言い聞かせ、私は一人の中年の女性に声をかけた。大きな×印が書かれたバス停のパネルを指さして見せ、ガイドブックの目的地の写真と地図を見せた。彼女は思案していたかと思うと、歩き出した。私も一緒に歩いた。「ベルリンには何日滞在するの?」「五日」「長いわね」などと英語で会話を交わしたあと、私は教科書のような英語で「ポツダムは日本人にとっては重要な場所です」と言った。彼女は驚いた顔をして「私たちドイツ人にとっても重要な場所よ」と私の目をじっと見ながら言った。私は何度もうなずいた。私も彼女も、戦争は知らない世代だが、敗戦国として生きてきた同胞のような気がして、親近感が胸にこみ上げた。稼働しているバス停に着くと、迷子から救われた思いと彼女との出会いに感謝して、私は思わず彼女をハグした。

バスは市街地を通ったあと、閑静な住宅街の中に入っていく。やがて道の片方が林になったところでバスは止まった。降りたのは私だけである。ひとっ子一人いない。恐る恐る林の中へと続く道を入って行った。急にあたりが開けて、〝ポツダム会議〟と書かれた垂れ幕と、チョコレート色のとんがり屋根の木造建築が現れた。宮殿というには小さい。レンガでできている煙突一本一本に異なる模様がモザイクのように施されており、この建物はクッキーでできているのかと思った。なんてかわいい建物なのかしら。チェッチリア妃が好んだ住まいで、中には、彼女が好きだった客船の船室を模した小さな丸窓がある部屋があったり、あちこちに遊び心があふれていた。戦後を決定づける重要な会議を、こんなかわいいピクニックのような場所で行ったなんて。日本人の私はにわかに悔しいような気持ちになった。自分の中の小さなナショナリズムに気付いた。ポツダム会議では、スターリンにはドイツの分割を有利に進めたい思惑があり、トルーマンにはこれから始まる核兵器による世界の均衡をどのように有利に進めていくかという問題が頭を離れなかった。各国の駆け引きで緊張が強いられた会議であったことは間違いない。だからこそ、こういう場所が選ばれたのかもしれない。この会議が行われることを想定されてか、ポツダムは爆撃を受けてはいない。かわいくて重い宮殿めぐりも終わりに近づいたころ原子爆弾のキノコ雲の写真があった。日本語音声ガイドがその写真の解説を始めた。「この宣言を受諾しなければとんでもないことが起こると伝えたにもかかわらず、なんと日本は、これを無視したのです」と。世界に緊張が走ったことを多くの日本人は知らなかった。重い足取りで宮殿の建物から外に出た。そこは手入れされた閑静な林の庭園、午後の木漏れ日がゆれ、鳥たちの声がしていた。女子高生らしき女の子たちの楽しそうにはしゃぐ声が林に響いていた。のどかで平和な昼下がりであった。

十一月八日は、再びポツダムに行き、いくつかの宮殿を見て歩いて、夕方にベルリンに戻った。ベルリン滞在の最後の晩であった。交差点の横の広場には、いつの間に用意されたのか早すぎるクリスマスマーケットが立ち並び、人々はホットワインやビールを手に乾杯していた。人工雪の大きな仮設斜面ができていて、人々がタイヤに乗って歓声をあげながら次々に滑り降りていた。ベルリンの壁崩壊記念日の前夜祭だ。道路には、人の二倍ほどの高さの棒の先に白い丸い電球が乗った、大きなマッチ棒のような灯りが二メートルおきに立てられていた。その灯りの列は路面の平行二列のレンガの線に沿ってどこまでも続いていた。やがて、陽がとっぷりと暮れていき、灯りは輝きを増した。徐々に人出が増し、道路は渋滞。そのとき、一人の老人が渋滞している車の間を抜けて道の真ん中に並ぶ灯りに、ゆっくりと近寄って行くのに気が付いた。しわが刻まれた顔が、遠くを見るような表情で灯りを見上げた。彼は灯りを見上げているように見えても、今はない壁をみているのに違いなかった。

ホテルに戻って、すべての仕事を終えた夫を街に連れ出した。街がこんなことになっているとは想像もしていなかった夫は目を白黒させていた。ベルリンの壁と日本、深い悲しみと絶望、そして希望。この歴史を、ちんけなナショナリズムで悔しさや憎しみに変えてはいけない。夫と二人で、クリスマスマーケットの屋台でビールとサンドイッチを買った。雪の斜面を滑り降りる歓声を背中に聞きながら、平和に乾杯！

参考文献

田口マーン恵美『ベルリン物語　―都市の記憶をたどる―』平凡社新書　二〇一〇
リチャード・ローズ『原子爆弾の誕生』神沼二真・渋谷泰一（訳）紀伊國屋書店　一九九五
『地球の歩き方　―ベルリンと北ドイツ―』ダイヤモンド社　二〇一四

赤い薔薇からの　誘惑

一《いっ》瀉《しゃ》千《ち》里《さと》

案内状が来るので　よく　詩の賞の授賞式に出かけてゆく。案内状が届くと、ほぼ九十八パーセントは、出席することにしている。では、残りの二パーセントは、どういう時か。自分が主催する行事が重なっていたり、自分の体調が、すこぶる悪い時だ。

今まで、出席した授賞式、といえば、日本の詩祭における『現代詩人賞、及びH氏賞』。東京であり、最大の詩の賞、である。その他には、『高見順賞』『三好達治賞』『中原中也賞』『歴程賞』『丸山薫賞』『詩人クラブ賞』……などなど。案内状が届けば、是非是非、行くのだけれど、他にも『萩原朔太郎賞』『花椿賞』、思潮社が主催している『鮎川信夫賞』……とかいうのもある。この三つについては、授賞式に、参加してはいない。

私は、知りあいの詩人に、言ってもみる。

「もし、花椿賞がとれたら、呼んでね」

人づてに聞くと、花椿賞の参加者は限定百人までで、しかも、ここは参加費がいらないらしい。出席してみたい授賞式だ。この頃は、出席したことのある授賞式の主催者から、「賞に推薦できる詩集の名をお願いします」と、依頼が来るようになった。

授賞式に出席するにつけ、いつも思うのは、授賞者が式典でつける、大きな赤い薔薇だ。生涯に一度でいいので、あの、赤い薔薇を、胸につけてみたい。たぶん、授賞式に参加している全員が、口には出さないが、胸の奥底で、そういう願いを持っていることだろう。

大物の詩人の中には、メインな賞を、いくつも手に入れている人もいる。しかし私は、そんな人を羨ましい、とは思わない。ただの一度でいいので、あの赤い薔薇を胸につけてみたい、という誘惑がある。そんな願いを胸に秘めながら、詩人達は、こんどこそ、と思いながら、詩集の出版を重ねる。もしも「賞なんて関係ない」と、公言する人がいれば、その人の中で、願いが頂点に達し、それでも叶えられないので、諦めの境地の方へと流れた発言だと思う。ひとは、いくら願っても努力をしても叶えられなければ、自然と諦めの境地の方へと、向いてしまうものだから。

それと、私が現場に出向く意味として、現場でしか学べない何かがある、と思うからだ。昔の職人は、師匠の傍にいて、師匠に教えられることなく、その技を盗みとった。言い方は悪いが、要するに、学び収得した、ということだ。私は職人でもなく、時代も昔ではないが、私は、私が出向くことへの、自分への意味づけをしているだけなのかもしれないけれど……。

私は、尾道出身なのであるが、福山には同窓会の福山支部があり、二年ごとに総会が開かれる。大きなホテルで開催され、百人くらいが集まる。尾道からの参加者もいる。私は、今年から、その会の、副支部長をすることになった。副支部長ということで、当日会場で渡された白い薔薇。大きさや形は、あの赤い薔薇と全く同じだ。薔薇の色が白だなぁ……と、ふと思ったことだ。

失せ物

井《い》手《で》　凡《ぼん》

「あれどうしたんだろう。ないわ。ない！」

すっとんきょうな声に驚いて、コーヒーを飲みながら、笑い転げていた仲間たちの声が止まった。声の主が、バッグの中を掻き出しながら何かを探している。

六十年前に卒業した高校の同窓会で、広島県福山市鞆の浦に一泊旅行をした。その帰り、同じ方向へ帰る八人が列車の時間待ちで喫茶店に寄った。店を出ようとする段になっての騒動だ。

「何を探しているの？」

と問いかけると

「来る前に駅でイコカカードに5千円を入金したのだが、そのカードが見当たらない」

と言う。隣に座った友だちがバッグの中をひっくり返してみる。何もかも乱雑に突っ込んでいる。2日間の旅にしては、荷が多すぎる。出費をこまごまと書いた、くしゃくしゃの紙切れも入っている。いくら探してもないので、椅子の上に全部の荷物を取り出す。周囲の客がジロッとこちらを見る。結局、見つけることはできなかったが当人は、ケロッとしている。探し物を手伝った、いずれの顔も、むくれていた。

私も、腹をたてた内の1人なのだが、実は、この人のことを悪く言う資格はない。昔から私こそが、忘れ物、探し物の常習者なのだ。雨傘は何本も、帽子、財布等々。ある時は、妻への旅土産を列車の網棚に忘れて、遺失物係に取りに行ったこともある。家の中でも、毎日のように探し物をしていて、妻に叱られている。

5年前の秋、三重県の伊賀上野で句会があった時のこと。句友と共に芭蕉の生家、服部土芳の蓑虫庵、伊賀上野城の順に見て回った。若き頃の芭蕉を偲びながら、かなりの数の句ができた。当地の人たちと交流もできたし、句会での成績もいつもより良く、いい気分で帰途についた。

翌朝、妻が「買物に連れて行って」と言うので、免許証を取り出すために、いつもの小物入れを覗いた。

「大変だ、ない!」

慌てた。バッグの中、着ていた衣服のポケット、どこを探しても出てこない。一昨夜、泊まったホテルに問い合わすが見当たらない。伊賀での行動を思い返してみた。蓑虫庵を出た後、駅前の食堂に入った。その時、確かに免許証を見た覚えがある。その後、伊賀上野城に行ったんだ。あるいはと、食堂にも伊賀上野城の事務所にも電話をしてみたが、「ない」と言う。伊賀市の警察にも電話をする。届けはないらしい。居住地の警察署へ紛失届をするとともに、免許証の再交付申請をしなければならない。

免許証の再交付は、近くの警察署でもできるが、交付まで1週間かかるという。住んでいるところが田舎なので、何をするにも車が必需品だ。運転免許試験場なら、即日に免許証が交付されるとのこと。しかし、そこは山間部で交通の不便なところだ。

自分で運転するわけにもいかず、タクシーを呼んで山道を走った。メーターが上がるのをドキドキしながら、乗っていた。到着したのは、午前10時前だった。メーターを見ると四千円を超えていた。馬鹿らしいことをしたと、改めて後悔した。

運転免許試験場は、免許証交付を待つ人でいっぱいだった。私の場合は、書類上だけの手続きで、試験も、検査もないが、2時間ほど掛かるという。建物の中は、人波で息が詰まりそうなので、外に出た。山間で家が一軒もないところだ。丁度、紅葉の頃だったので、山を見ながら周辺を歩いた。予定の時間に中に入り、免許証を受け取った。帰りは時間がかかるが、お金のこともあり、バスを乗り継ぐことにした。ぼんやりと外の景色を眺めながら、「歳のせいではないぞ！」と自分に言い聞かせた。

昨年、旅をすることがあって、バッグに衣類などを詰めて、最後に切符を入れようとポケットを開けた。

「あった！　あの免許証だ」

あの時、あれほど探したのに不思議だ。その後、何度も使っているバッグなのに、狐につままれたような気分だ。免許の更新期日もとっくに、過ぎていたので、警察への連絡はしなかったが、自分の愚かさにウンザリした。

実は、一問着起きそうなので、妻にもこのいきさつを話していない。

白馬岳登山の追想旅行

岩《いわ》城《き》　嵩《たかし》

２０１６年10月、紅葉の盛りのころ、友人U君と旅行した。目的地は、富山県黒部渓谷と長野県白馬村方面である。学生時代の二人が共有する過酷な冒険旅行（１９６０年５月）の回想と、可能ならば、その際の恩人への感謝も兼ねた、私的な巡礼地訪問であった。

第１部　無謀な雪山登山

１９６０年、黒部渓谷欅平の祖母谷（ババダニ）温泉は、秘境の名湯として知られていたが、谷筋にひっそりと一軒の小さい宿があった。そこには強力《ごうりき》風ではあるが、人情味豊かな古老が、何でも一人で切盛りしながら暮らしていた。

二人共、二、三の夏山登山の経験しかないのに、５月の連休を利用して、残雪を冠った白馬岳を黒部側から大糸線側に横断できないかと言う野心を持って、取りあえずこの宿に一泊することにした。

普段着にジャンバー、リュックの中はシュラフと毛布、食糧少々、布製のハイキングシューズの出立ちである。現代感覚ではとても標高約３０００ｍの雪深い北アルプス横断登山は困難と判断されるところを、かの古老は自分の若い頃の体力を我々も持っていると錯覚されたのか、装備をもう少し整え、知識を伝授すれば、天気予報も良好だし、横断可能と判断されたようだ。

翌日早朝、私たちは杖（先端には鉄製の剣先付で雪山用簡易ピッケル）、アイゼン、山の地図（３万分の１）、おにぎり2食分を準備していただき、この大先輩にお礼を述べ、教えられた道順に沿って登山開始した。

積雪は標高に比例して増え、途中でＸ字型の鉄製下駄に似たアイゼンを装着すると、一歩一歩の埋没深さが浅くなり、格段に歩きやすくなる。積雪（１ｍ以上）の尾根筋に出たのは午後２時位だった。

山頂方面に向かって歩んで行くと彼方に白馬山頂の山小屋が見えだした。安心するが雪に阻まれなかなか近付けない、おにぎりで空腹を解消して元気を取り戻し、猛進、努力するが、太陽が徐々に傾いてくる。日没時には、目視はできないが山小屋のほぼ真下のところまで来ているはずだ。雪渓の近くは背の低いカラマツの樹林だ。月明かりに山の輪郭は黒く、面前に横たわる幅20ｍ位の小雪渓の白い帯、それが大雪渓に連なる「くの字」のコーナーも黒をバックに灰色にくすんで見える。気温が下がってきたが、今朝からの過度な運動のおかげで寒さは感じない。山小屋への道は地図から判断すると雪渓の対岸に沿って登るようだ。雪渓横断では今までのサクサクの雪とは感触は異なり、半ば氷結しその下は氷なのだ。山側の手で杖を持ち、雪面を刺しながら慎重に歩く。前を歩くＵ君が突然姿を消した。抗いながらも50ｍ程滑落して止まった。あわてた私は方向を下に一歩進めようとしたときに滑り転げ、仰向け状態で滑り出した。前方に見えていたコーナー部の岩塊が迫ってくる、無我夢中の私は素早くうつ伏せになり、杖を雪中に穿つことを試みるが杖はことごとく弾かれてしまう。（今、客観的に鑑みると、）まさに危機一髪の状況であった。それだからこそ意外と冷静な判断力が蘇ったのか、しばし無駄な抵抗を止め滑るに任せ、その間、両腕の脇を締め、全体重を載せた杖をへその下方に一気に穿った。

成功！　起死回生であった。両手の甲は雪との摩擦で裂傷していた。その後も二人は滑落しかけることもあったが、もはや対応能力を備えていた。しかし、二人は急に気力と体力が萎えて、動くことが怖くなってきた。山小屋は諦めて、雪渓の横に広がるカラマツの密集帯にある狭い空間で、シュラフと毛布で身を覆い、全体をロープでカラマツの根っこに結んでビバークすることにした。翌日も晴天であった。山小屋は直上にあった。山頂（２９３２m）に登ったのち、拾った板切れをソリの代りに大雪渓を白馬村に向けて快適に滑り下った。

第2部　黒部渓谷へ古老の消息を尋ねて

青年時代の無謀な冒険談と言えばそれまでだが、二人とも親からは「死に損ないのバカ息子」と、こっぴどく叱られたことも忘れられない。また、この歳まで無事に生きられたのも、あの杖のお蔭であり、取りも直さず、それらを準備してくれた欅平の小屋の古老の適確なご配慮のお蔭である。帰郷直後お礼の手紙などを出した記憶がある。が、今改めて命の恩人として古老の消息を尋ね、出来たら墓前に花を捧げたいと思った。

２０１６年10月、すでに80歳近くになった私たちは、念願の回想と巡礼のために、黒部渓谷に入った。宇奈月からは、観光案内付きにレベルアップしたトロッコ列車で欅平駅まで。さらに徒歩30分程で、名剣温泉で宿泊。翌日さらに30分ほど歩き、祖母谷温泉宿を訪問した。

両宿の主人共、時間を割いて私たちの要請に応えてくれた。

旧祖母温泉の場所は雑草が生い茂り名残をとどめるものはなかった。でも、写真や資料を出して黒部渓谷の開発、発展の変遷と体験談を懇切に聞かせてくれた。そしてその話の節々に、あの古老のここでの生活の様子に思いを膨らませる事ができた。彼の名は山本喜三郎氏で、富山営林署の黒部地区の治山事務所のメンバーとして、山小屋の他に山林、河川の管理も担当されていた。昭和41年ころ退職され、下流の町に住まいを移され、その後の情報はない。この地での住民のナリワイの変遷は強烈な自然環境（大雪、洪水、土石流、急峻な地形、僻地）との共存の道を探る物語である。二、三の資料を参考に聞き取った話によると、黒部川沿いの地域は奥山と言われている。江戸時代に越中国を治めていた加賀藩は奥山一帯に高温の泉源があり、森林資源が豊富なことは分かっていた。明治になると電源としての水力発電の可能性も浮上し、近代産業の導入で得た新技術と資本を活用して、従来難敵とされてきた自然環境問題を徐々に克服し、この僻地にも光がさしだした。

特に開発に寄与した二つの事柄を述べると、①黒部川電源開発と共に始まった。大正12年から発電所建設のための資材、作業者を運ぶ黒部鉄道（超狭軌道トロッコ列車）用の敷設工事が始まり、昭和１２年には欅平まで２０・１㎞が開通した。冬場の積雪対策として、軌道が露出される個所には作業者用トンネルが併設された。昭和28年に地方鉄道法の認可を受けて、観光客のための旅客営業運転も開始され、深く険しい渓谷を縫うように走るスリリングな景観が開放された。

②黒部八湯と言われ、高温の良質な泉源が黒部の僻地で発見されていたが、交通事情が悪く、温泉経営から見ると、送湯事業と保守管理の難しさがネックになっていた。しかし、昭和30年代に引湯管は木製から合成樹脂管+保温管になり改良された。宇奈月温泉の生命線は7kmにおよぶ引湯管と言われている。

上述の強烈な自然環境と、それに日々正面から対峙したであろう古老に思いを馳せると、リアルな情景が映し出されてくる。忘却箱の底に沈みそうな事実を想い起こし、今は亡き古老に再び謝意をいだかせてくれた旅であった。

第二章

こっぽりはどこ行った

海《うみ》本《もと》友《とも》子《こ》

実った稲穂の田んぼの中にまつりののぼりがたっている。大きな赤い布団を天井に載せた千歳楽が太鼓の音とともに、遠くに見える。ぽつんぽつんと浮かび上がるお祭りの風景、あの頃から村にはそんなに人は居なかったのかもしれない。

幼い日のふるさとのお祭りは、私にとってはこのうえなく、晴れやかで賑やかで、楽しいものだった。祭りの日が違う隣村の親戚とは互いにおよばれがあり、お客として招かれるのは今考えてみると、一家の長である祖父だけだった。その栄えあるお招きのお供をするのが、まだ学校にも通ってない兄姉とは歳の離れた末の孫娘の私だった。祖父のこぐ自転車の尻にのっけてもらい、これも今考えれば自転車ではとうてい越えられそうにない、峠道をいくつも越えていく。そんな道中なのに、私にはなんの苦もなく、楽ちんで楽しい道中だった。

貧しい時代であったはずだが、お祭りとお正月には、母が晴れ着を着せてくれた。紫がかったぼたん色の生地に大柄な花の模様が描かれた振り袖は、いっそう私を晴れやかな別世界に誘う特別のものだった。その振り袖には「こっぽり」という履き物が対だった。下駄の歯が高くて台や側面には子供心にも豪華な蒔絵《まきえ》が描かれていた。

そして、お祭りになると、私の表舞台に登場するのが祖父である。

平生は農家の大家族の家長として、笑顔をもろくに見せず、私の大好きな母なんかには怒鳴ってばかりで、にが手な人だった。厳しい祖父であったが、どういうわけか毎年毎年、近隣の３つある親戚のお祭りには私を自転車の荷台に乗せて連れて行ってくれた。

当時のお祭りは、それぞれの家の自慢の料理が振る舞われ、お酒もおおばんぶるまいをされた。親戚の叔父たちの酒に酔ったいつ終わるかわからない宴席は苦手だったし、母や伯母たち女衆が夜もろくろく寝ないで作った祭り料理も子供の私には、魅力的なご馳走ではなかった。

それに比べ、何よりの楽しみな時間はいとこたちと遊び神社の夜店にいっしょに出かけることだった。当時の私にとって、これ以上ない夢の世界だった。夜の暗さの中にカンテラの灯りで浮かび上がる夜店が続き、神社まで続く沿道はどこにいたのかと思うぐらいの人があふれ出た。周囲の山間の闇の中にほっと浮ぶあたたかな不夜城のような光の塊に人が集まってくるのかもしれない。

いつもいないめずらしい親戚の若いおじちゃんが来ていたりすると子供心にも華やぎが増した。思いもかけないたくさんのお小遣いもいただけた。あのお祭りの夜、思いもかけず買ってもらえた当時最新のおもちゃだったミルクのみ人形は、何年も私の特別な宝ものだった。

私たちが縁日から帰るころには大人たちの宴会も終わりになり、私はおじいちゃんの自転車の荷台に載って、海側の隣村から峠を越えて山に囲まれた私たちの村への帰途につく。

心地よい自転車の振動のせいか興奮のあとの心地よい疲れのせいか、私はいつもおじいちゃんの脊にもたれて居眠りをする。夢のような至福の時だった。

ところが、家に着き、夢から覚めると大変なことになっていた。大切な自慢のこっぽりが私の足からなくなっている。大人たちは大騒ぎをして暗い夜道を捜しに出かけたが、見つからない。

平生はいかめしく怖かったおじいちゃんがお祭りのたんびに、晴れ着の孫娘を背に峠の夜道を走る。ずいぶんお年寄りの本物のおじいちゃんと思っていたが、考えてみると今の私より若かったはず。上手く優しさを表現できないおじいちゃんの優しさは、暗い夜の山道を必死で自転車を漕ぐ背中と、道端に転がったこっぽりの思い出とともに、今頃になって伝わってくる。ふるさとの山道で、今も月明かりに照らされて、赤いこっぽりがころんと転がっているような気がする時がある。

みんなの優しさや暖かさがぽつんぽつんと、点《とも》っていた頃だ。

負うた子に教えられ

海《うみ》本《もと》友《とも》子《こ》

「先生、私、もっと勉強したかったんよ」

タイから帰って、アメリカへ再び学びに出発する時、ビッグに成長した彼女は話してくれました。

Mさんは中学校の教え子で、国語の授業を通じて、心の通い合う先生と生徒の関係であったと思います。

中学校の時の彼女の思い出は、授業後の薄暗くなった廊下。私を待ち構え、納得するまで質問してきた彼女のまっすぐなまなざしを思い出します。正義感の強い彼女でもありました。やんちゃな男子にも「あんたらあ、ええかげんにせられー」と真正面から注意していました。教師の言うこともなかなか聞かない彼らが、Mさんの言うことは聞いて、静かになったものでした。厳しそうに聞こえる彼女の声から暖かさ、誠意を感じたのかもしれません。

卒業後はそんなに頻繁に会うことはありませんでしたが、折々に届く便りや消息には驚かされました。

タイ滞在の便りが届いた時もそうでした。お金ももたずインドシナの国々を女一人で旅してきたこと、アルバイトをしながら外国で生活をしているというのは、当時の私には想像を超えるものでした。定職ももたず、お金ももたず、海外に出て、フラフラと「なにしてんだ?」と思ったものです。

しかし、タイが大好きになった彼女は、教職の資格を使って日本人学校の教師や日本人学校でのバイトをしながら、勉強をし続け、非常に過酷な貧村の看護活動にも携わって、生涯の仕事やキャリアを手に入れていきました。

こんな何年かを経て、彼女は日本に帰って来、アメリカに行く前に、我が家に立ち寄ってくれました。

「これからアメリカへ行って、勉強する」「そのためにこれから東京でアルバイトをして学費を稼ぐんです」

こんな彼女から私は、さらに、驚きの、世界は近い繋がっているというメッセージを受け取ります。アメリカ東海岸、今でも私にとっては、遠くはるかなニュージャージー州で、彼女はアルバイトで雇ってもらうためプリンストン大学の日本人学校を訪れます。ナント! そこで、数年前まで私と机を並べていた、S先生に現地で雇われていたのです。もちろん、渡航前に私が紹介なんかしていたわけではありません。二人がはるかなるニュージャージーで偶然に出会ったのです。その頃、お二人から交互にいただいたお便りを奇跡のように感じたものでした。

その後の彼女は、登場する度に、どんどん自分の夢をかなえ世界を舞台に活躍する姿を見せてくれています。

コソボの紛争地へ出かけ、アムダのリーダーコーディネーターとして献身的に働いたこと、タイの農村・貧農地区への医療・看護活動、その間に大学院で学び、さらに博士まで取得しました。いつの頃からか、先生であったはずの私は、今では彼女の弟子。彼女に刺激され後押しされエネルギーをもらって、私も「勉強したかった」と五十歳過ぎての大学院入学。彼女とは、まさしく負うた子に教えられの師弟関係であります。

そう言えば、先日久しぶりに会った彼女が発する言葉の端々に「ばちがあたる」が多くあることに気がつきました。自分に出来ることを人や社会に返していかないと「ばちがあたる」と言うわけです。生かされて、今ここに存在し、やりたい活動や学びができることへの感謝。この思いは近年私にも強く、同じ思いで人生を歩んでいるのかなと彼女のことが身近に感じられます。こんな時、負われてばかりでなく、時には並進出来ているかもしれないと新たなうれしさに満たされます。

『位置』第16号

坂道

江《え》国《くに》千《ち》春《はる》

今年の十月、お祭りで愛媛の実家に帰ると、母に質問攻めにあった。

「ひっちゃんはどうしよるん。お婿さんはどんな人。どこに住んどるん」

会えば必ず聞いてくるのは、五月に結婚した長女のことだ。彼女が大阪に就職して五年半たつ。今まで私は一度も遊びに行っていない。元来、出不精で面倒くさがり屋なのだ。さすがに結婚したとなれば、母親として新居に一度ぐらいは行かねばと思いつつ、数カ月が過ぎた。

「そんなに気になるのなら、本人に直接聞いたら。一緒に大阪に行く？」と母を誘うと、

「ええよ」と二つ返事でOKが出た。母は急に目が輝き始め、地図を広げた。私も地下鉄の路線図を出し、二人で長女が住む最寄りの駅を探す。

「帰りに西宮に寄ろうや。どこか行きたいとこあるか？」と母が尋ねる。

「廣田神社に行ってみたい」

四十数年前、父が大阪の会社にいた頃に家族で西宮に住んでいたことがある。小学一年生から三年生までをそこで過ごし、岡山に転勤になった。幼稚園まで住んだ名古屋の記憶はほぼないし、

岡山では家の中で遊ぶことが多かった。外で元気に走り回っていた西宮での三年間が、いちばん子どもらしい時だった。廣田神社は近所の子どもたちとの遊び場だった。

十一月、愛媛からきた母と岡山駅で合流して新幹線に乗る。新大阪駅で手を振る長女と再会。地下街でお好み焼きを食べながら、母は矢継ぎ早に長女に質問していた。

地下鉄を乗り継いで海遊館を目指した。悠々と泳ぐジンベイザメやマンボウ、青いライトを浴びて光るアオリイカに会い癒やされた。翌日は大阪城。トロッコ列車に乗って大阪城公園の中を進む。見上げると、大阪城には黄金に光る巨大な一対の虎が張り付いていた。

「だから阪神タイガースなのかな」と私が言うと、

「そうかも」と長女も納得する。

梅田駅で長女と別れた後、西宮北口駅に到着するとタクシーで廣田神社に向かった。廣田神社は二百一年に建立された『日本書紀』に記されている兵庫県第一の古社で、境内の面積は五万三千㎡ある。おみくじが結んである松の木の周りをグルグル回ったり、広い境内でかくれんぼをする小学生の自分の姿が浮かんだ。神社の周りはうっそうとした森林に囲まれている。その中にある広田山荘の近くに、以前住んでいた社宅があった。帰ろうとすると母が、

「広田山荘に行こう。あの巫女さんに聞いてみて」と言う。

「歩いて五分で行けますよ」と巫女さんは森林の間の遊歩道を指さす。

「あの坂を上るの？　もう社宅はないんだから行ってもしょうがないよ」と止めたが、

「ここまで来たら、行くしかない！」母はキャリーバッグを引っ張りながら、歩き始めている。

仕方なく私もついていく。様々な植物が生い茂る間をいくと、住宅地にでた。電柱に書いてある住所に見覚えがある。坂はどんどん勾配がきつくなってくる。左側の歩道を二人でキャリーバッグをゴロゴロと転がしながらゆっくりと進む。

「社宅の前はこんなに急な坂じゃなかったよ。もう帰ろうよ」と母の袖をつかむと、やっと立ち止まった。坂道を数メートル下り、反対側の歩道に渡る。

ふと、振り返って坂道の上を眺めた。私は遠い日の記憶を懸命にたぐり寄せた。ゆるやかに右に曲がった急な登り坂。ここだ、この光景は見たことがある。あの坂の上にはプロ野球選手のお屋敷があると聞いていた。坂道の左側はかつては山だった。草を刈って道を作り滑って遊び、長く伸びた太い雑草を引き抜いてチャンバラごっこをよくしたものだ。喉が渇くと、川の水をすくって飲んだ。右側には私たちが住んでいた三階建ての社宅があったが、今はもうない。一軒の住宅の奥に竹藪を見つけた。緑の金網と竹藪に見覚えがあった。

「あの竹藪見て。社宅の裏にあった竹藪じゃが。花火が飛んでぼや騒ぎになった」

「そうやったなあ。社宅のみんなでバケツリレーをして、やっと火を消したなあ」と母は笑った。

思い出の地を巡るという目的を達成した二人は、満足してタクシーを呼んだ。

夕暮れの冷たい風がほほにささった。たしかに自分はここで子ども時代を過ごして、この澄んだ空気を吸っていたのだ。

娘が大阪に住んでいなかったら、実現しなかった旅だった。

母と梅の花

大《おお》島《しま》章《あき》子《こ》

二月早朝、霜のベールに覆われた、田んぼや荒れ地に沿った小道を歩く。肌を刺すような冷たさだ。そんな寒さのなかで、日ごとにポツポツと可憐な花を開いて、私を喜ばせてくれる梅の花との出会い。（よくこんな寒い朝、花開くあなたは、何にもまして逞しいね）と、つぶやきながら歩く。そして、母は梅の花が好きだったことを思い出す。

私が二十歳の時、公民館より記念品として、梅の苗木が送られた。裏庭に植えられた梅の木は毎年、早春に花を付け、いい香りを漂わす。梅雨の頃、実をたわわにつける。母は梅干しにしていた。

「梅は、体にいいんじゃ」と言いながら晩年は梅エキスなども作っていた。そのころから体調が悪かったのだろうか。父が亡くなって十年一人暮らしでも、弱音を吐くことなく商売を続けていた。二〇〇三年五月胃がんが見つかった時は、手遅れの状態だった。一応胃の切除はしたが、転移し腎臓が機能しなくなっていく。年が明け入院を余儀なくされ、毎日母を見舞う。花のない時期、紅梅と白梅を花瓶に挿すと母は、

「私は、梅の花が大好きじゃ、テレビの上のよく見えるところに置いてくれ」と言う。痛くても何も言わず耐えていたようだ。最後の日、姉が、

「どこか痛いところある？　さすろうか」と言ったら、

「体全体が痛いんじゃ」と言い、体に触れさせなかったと言う。

母が亡くなり、葬式を済ますと後は空き家となってしまう実家も寂しかった。社交的だった母の人柄か、声を掛けてくれる人々に話をするたび辛く、涙で声にならなくなっていた。

勤めの再開日、今井地区でのこと。あるカーブを曲がると、（ウワァーきれい、母さんが好きだった梅の花だ）ほんのりピンクの紅梅や白梅、満開の梅の花畑が目に飛び込む。胸がいっぱいで、また涙があふれていた。

「弘道館に梅花を賞す」徳川景山（斉昭）作。詩吟で習った。

「弘道館には、千株もの梅が清香馥郁と開く。美しく文学的なだけではなく雪の中咲く梅は強く逞しい、天下の魁である」と、要約されている。晋の武帝が学問を好むと梅の花が開き、学問を止めると咲かなくなったと言う故事から梅を好文木と呼ぶことも知る。母は知っていたのだろうか。

学生時代バレーボールで名をあげ、K社からスカウトが来たと聞く。勉強しなかった後悔もあるのか、私には、勉強を強要した。しかし、私は応えられなかった。商売を五十年続け、人との付き合い方や商いの基礎を小さいころに教わった。

八十歳で亡くなったが、奈良に住む姉と私、どちらも嫁に出て跡取りのない事にも触れず跡をどうして欲しいとも言わず、亡くなってしまう。近くに住む私に全てを委ねるということか。梅を好きだった母は、梅の花も楽しみ、また実も利用できる、現実派だったような気がする。私は桜の花が好き。桜の花が咲くと心が躍る。そんな華やかさはないけれど、梅の地味な味わいも、捨てがたい気持ちに今私はなっている。

母の残した俳句がある。

梅の花　そよ風ゆする　早春賦

満子作

熊の手

大《おお》坪《つぼ》光《みつ》恵《え》

庭に一本の柿の木がある。日頃ろくに手入れもしないのに「今年は豊作だね」「今年は寂しいね」などと言いながら恵みに感謝している。木枯らしが吹き始めると潔く落葉する。その様は、赤い涙をハラハラと流しているようにも見える。大きな仕事をなし終えたと言わんばかりに。

わが家の熊手は、亡父が使っていた鉄製のものである。手の長さは四〇センチ、その数二〇本、爪の長さは五センチ。さーっと一掻きするだけで、大量の枯葉を掻き集めることができる。鉄製だけに爪の威力は大きい。「熊の指は五本。そう言えば、この熊手の形状も五の倍数だなあ」と、つまらない連想ゲームをしながら汗をかいた。

熊による農作業被害、人身被害は深刻な問題だ。熊は、秋になると冬眠の準備をするためにブナやナラなどたくさんの実を食べてねぐらに入りたいのだが、無差別な開墾などで削り取られた山に恵みはない。そして、生きるために里に出る。社会環境、自然環境の変化が熊と人間の共生社会に危機を及ぼしている。「熊に会ったら死んだふりをしたらいい」と言われても、突然巨大な熊に遭遇してそんな行動がとれるだろうか。熊も撃たれるのではないかという恐怖感から人間を襲う。その鋭い爪に襲われたらひとたまりもない。熊は雑食だが、人肉を食べるとその味を覚えるという。

子どもたちが大好きな、ぬいぐるみの人気ナンバーワンは熊さんだ。世界的ブランドと言っても過言ではない「テディベア」。その名前「テディ」は、アメリカの第二十六代大統領セオドア・ルーズベルトの愛称であるという。逸話によると、趣味の熊狩りに行った彼の目の前に瀕死の熊が現れた。彼は「ここで撃つことはスポーツマン精神にもとる」と言って、その熊を助けたことから生まれた名前と知った。そういえば、どのテディベアも、どこか安心したような笑みをうかべている。

ディズニーの人気キャラクターの「くまのプーさん」。全国を飛び回っている熊本県PRマスコットキャラクターの「くまモン」。二〇一七年六月、東京上野動物園で誕生したジャイアントパンダの「香香《しゃんしゃん》」。みんなクマ科の仲間だ。

私の連想ゲームは拡がる。癒しの時代と言われる現代、猫カフェ、犬カフェは人気スポット。さすがに本物は無理だろうが、熊やパンダのぬいぐるみがいっぱいの熊カフェで、うっとりするのはどうだろう。「ふわふわ、ほわほわ、もふもふ、うふふ」と言いながら。

十一月の酉の日、関東近辺の寺社で酉の市が開かれる。福をかき集める縁起物の熊手を求める人たちで賑わう。その日を目指して上京したことがある。干支の十二支に因んで三回の市が開かれる。一の酉、二の酉、三の酉と。台東区にある鷲神社には、あの「日本武尊」が祀られており武運長久・開運・商売繁盛の神として信仰されている。

熊手を売る多くの露店と、威勢のいい掛け声が迎えてくれた。大判や小判、米俵に桝におかめの面など、あらゆる縁起物で飾られた鮮やかな熊手に圧倒された。手のひらサイズのものから、おとな一人では持ちきれない大きさまで様々だ。それらを見上げているだけで幸せな気分になる。値段も千円程度から数十万円の物まである。家内安全を願って、お多福の面が付いた小さな熊手を買った。法被姿の店主は客と商談が成立すると威勢よく三三七拍子の手締めをする。それは境内を揺るがすほどの迫力で江戸の粋を感じた。縁起熊手を売る祭りの賑わいは年末の風物詩でもある

酉の市は、当初収穫祭だったという。熊と人間が集い笑う市でもある。

息子と旅をする

大《おお》森《もり》　まさ子《こ》

「津和野へ行かないか?」と広島に住む息子が誘ってくれた。三月、彼は「つわの健康マラソン」に参加するという。

「津和野?　行ったことあるよ」

「お父さんと行った思い出の旅だろう。だから行こうよ。僕が走っている間、お母さんは観光をするといい」

津和野へは十年ほど前に夫と出かけた。新幹線の小郡駅（今の新山口）から、単線の山口線に乗り換え、コトコトと津和野、温泉津、石見銀山を巡る旅だった。山口で途中下車して見た瑠璃光寺の五重塔は、さすが国宝。凛とした姿は美しかった。

「津和野ねえ……」思い出を拾う。

津和野は、森鷗外や西周の故郷である。まず、一番に森鷗外の墓に参った。そしてエッセイが上手に書けますようにとお願いした。鷗外記念館や旧宅、藩校、郷土館なども見学した。安野光雅の美術館では絵本やポスターの原画の世界を堪能した。

息子は広島駅の外れに車を止めて待っていた。

車は広島の市街地を抜けて、山道に入った。車で行く旅は、広島なのか、山口なのか、島根なのか分からない。私は、道路標識を見て、地図を見て、今走っている場所を探す。息子は運転を楽しみ、時々説明してくれる。

津和野の町は元気だった。明日のマラソン大会に参加するアスリート達が次々に到着していた。旅館の玄関にはカラフルなスニーカーが並び満室だった。

私は今度も一番に、森鷗外の墓に参った。墓のある永明寺は本堂の大屋根が茅葺きだ。まるで廃寺かと思えるほどに静かで、森林太郎と刻まれた墓は苔むしていた。街中の賑わいがウソのようで、そこは十年前と同じだった。

しかし今度は息子と並んで手を合わせた。

マラソン大会当日、集合地点は子供から老人まで、老若男女、元気な人達であふれていた。岩国からは米兵さんたちもやって来ていた。行ってらっしゃい！　がんばって！とランナーたちを送り出す。

ハーフに出場した息子が帰って来るまでの一時間余り、私は鷗外記念館の川向うにある西周旧宅の庭でぼんやりと過ごした。前回見逃していた所だ。茅葺きのこじんまりした家だ。周がこもって勉強したという土蔵もある。ゴール地点とさほど離れていないのに、訪ねる人は無い。こんな、山あいの小さな町から歴史に名を遺す、哲学者や文豪が出ている。当時の地方力は大きかったのだなどと思った。

午後は、太鼓谷稲成神社と乙女峠マリア聖堂に行った。石段と坂道を「ガンバレ、ガンバレ」と息子に応援されながら、ふうふうあえぎながら上った。

二度目の津和野は、「老いては子に従え」の旅であった。

本との邂逅と回想

岡《おか》　國太郎《くにたろう》

今年は、本との邂逅（出会い）が自身の行く末を決することを再認識した年でもあった。それは、五月初旬のことだった。たまたま新聞の読書欄の片隅で『よみがえる力は、どこに』という書名が目に入った。著者は城山三郎で新潮文庫とある。城山三郎氏と言えば、三十年ほど前、戦後ただ一人の文官の戦犯として絞首刑に処せられた元首相・広田弘毅の生きざまを描いた名著『落日燃ゆ』を感動とともに読んだことを思い起こし、即座に注文した。

ちょうどその頃、わが市では市長選挙と市議選とが一月後に予定されていた。大方の予想では市長選・市議選とも無投票となる情勢であった。市長選が今回無投票となると、三期連続となる。二年前の県議選も三期連続無投票であった。その上に、市議選まで無投票となると、地域の選挙すべてが無投票となってしまう。そんな状況下ではあったものの、その時点では私自身「だれか市議選に立候補する人はいないものか」と他人事のように冷めた感覚でいたのだった。

そうしたさ中、地元の書店から注文していた本が届いたとの連絡があった。早速読み始めると、城山氏の講演録の体裁で、平易に読み進めていくことができた。夜半に目が覚め、寝床で読みふけるうち「余熱で生きる」と題する田中正造の晩年を記した一節で、涙があふれだしてきた。

田中正造は、明治の帝国議会第一回衆議院選挙から連続六回当選を果たし、次の議会では衆議院議長の呼び声も上がっていたほどの人物だった。にも拘わらず、今までに手にしたすべてを投げうって帰郷し、政府主導の足尾銅山の鉱毒被害を緩和する遊水池建設に反対する人々が暮らす掘っ建て小屋に移り住む。ついにはそこで野垂れ死にしたという。章立ての「余熱で生きる」こととは正反対の衝撃的な生きざまであった。

それだけではなかった。つづく講話の中で「担雪埋井（たんせつ まいせい）」という禅語について記されていた。そのことばは「雪を担って井戸を埋めること、すなわち結果は徒労に終わるであろうとわかっていても、敢えてやり続けることこそが人生」と、激しく訴えかけてきた。

その二つの話に私は完全に打ちのめされた。夜明けを待って、告示まで二週間を切った市議選立候補を決意し、急ごしらえのドタバタ選挙戦に突入し、幸運にも当選を果たすことができた。

思い返してみれば、五十年ほど前の高校時代にも人生の規範となる本に出合ったことがある。

その本は、寮の舎監の先生から朝食時に「わずか五十円だが価値ある本だ」と勧められた岩波文庫の内村鑑三著『後世への最大の遺物』だ。その本の中で、誰にでも遺せるものは「勇ましい高尚なる生涯」との言葉に感銘を受けて四半世紀。わが人生の最大のエポックである父祖伝来の家業を清算する難局に立たされた時、その言葉を反芻して多額な債務整理に立ち向かうことができた。そのお陰で、今の私の生活がある。本との邂逅の縁（えにし）に感慨ひとしおである。

二つの逸話

岡《おか》崎《ざき》靖《やす》子《こ》

その一

旭川の西側、半田山の山すそに位置するところが私の嫁いだ場所。旧岡山市内の北部にあたる田舎、宿町内だ。この土地に嫁いで五十七年になる。当時、住まいのゆかりや地理を知りたい一心で、夫に地域のことについて質問することが多かった。どちらも戦時中の恐怖の時代に幼少期を過ごしたので、話題はどうしても、日々の当時の危険な生活状況になる。

三野公園の南より急にグラマン（戦闘機）がエンジンを切って急降下して顔を覗け機銃掃射を浴びせる。津山線も狙われた。「六月二十九日の岡山空襲の日はどのようにしていたの？　私は防空壕の中に転がり込んで家族一丸になって震えていたわ」「警戒警報が出なくて、爆弾の音で目が覚めた。岡山市内を見ると空が真っ赤。金山あたりも民家が焼けた」「えっ？　岡山市内とは遙かに離れている金山で火の手が上がるってことは？」

夫は静かに話を進めた。宿の直ぐ隣りが兵器敞（現在の自衛隊）。ここに弾薬庫があり、ここへ爆弾が一発落とされると、この宿の町内は吹き飛んでしまう。日頃、スパイが来ては探っていたらしい。そこを狙って爆弾を落とした。ところが的が外れ、四キロ先の金山民家に落ち、大火事になったそうだ。「弾薬庫へ落ちなくて良かったね」。私は嫁いで半世紀来、この地域が健在であったことを喜び続けていた。

四年前、夫も参加して地域の7人による「宿の歴史を語る会」が発足した。その時、金山の火事が話題になった。B二十九の的がはずれ火事になった金山の話は一転した。古老の一人が「ありゃあ、提灯《ちょうちん》が原因じゃあー」。私は、それから本気で金山の火事について追求し興味を持った。

金山数戸の家の人達は、岡山市内の空襲の状況を見ようと外へ出た。しかし、何分真夜中、真っ暗で足元が見えない。提灯を手に手に持ち市街地の良く見える所へと出かけた。その明かりを狙ったB二十九。火災の原因は、こういうことだったそうだ。

弾薬庫爆破に失敗した説、提灯説、どちらもうなずける。町内の皆が信じていた前者、長老が話した後者、逸話はなかなか面白い。

こうして年数がどんどん経ち、時代が進んでいくうちに逸話となっていくのだろうか。消えてしまうのだろうか。

その二

昭和二十年六月二十九日の岡山空襲の夜、金山に焼夷弾が落ち火事になった。三軒屋の弾薬庫を狙い的の外れた説、岡山市内の大空襲の火の手を見に行くため提灯をつけ、それが狙われた提灯説、二つの逸話を記した。

考えてみれば、二つの説は、どちらも一理ある。しかし、前者の金山に焼夷弾が落とされたことに疑問をもった。金山から岡山市内を見渡すことは位置的に無理である。

そこで、実際に現地調査に出向いて行った。車を牧石小学校北側より西に向けて走らせ、金山の頂上より西へ下り、大坪町内から国道五十三号へ出た。実際、車で走ってみて、金山から岡山市内が見えないことが確認された。火災に遭ったのは、金山ではない。やはり町内の長老が話していた〈笠井山〉だ。

後日、後者の提灯説の解明のため、笠井山畑鮎へと車を走らせた。原より谷川に沿い笠井山の頂上を目指して進むこと十五分。畑鮎の集落に到着。この畑鮎の数軒の村は実に静かだ。全く人気がない。どうしよう。

誰か家の外に出てくれたらと願っていたその時、幸いにも小高い家から下りてきた一人のおじさんが目に止まった。私は急いで走り寄り、現地聴き取り調査のことを説明した。年齢がやや若いので空襲のことなど分からないかなと不安になった。ところがそのおじさんは「空襲のその夜のことは、三歳で幼くよく覚えていないが、四歳年上の姉が直ぐ近くにいる。聞いてあげよう」。何と親切な救世主が現れたものだ。

七歳だった姉は、焼夷弾が落ちて家が燃えだしたので百《メートル》坂下の壕へ走り逃げたそうだ。あたりが暗かったか明るかったかは、よく覚えていない。最初に会ったおじさんは、「僕の家と道の上下で三軒火災になった。僕の家のすぐ隣りに温室があった」「温室のガラスに反射してキラリと光り、焼夷弾が落とされたのかも知れない。そう言えば、横井地区のブドウの温室のガラスに反射して焼夷弾が落とされた。その後、温室の上に筵をかけて光らないようにしたとか」と。

あれこれと大声で論議していると、ひょっこり杖をついた八十五歳のおじいさんが出て来た。「わしも、岡山市内の火事を見に行こうとした途端、焼夷弾が降ってきた。手には提灯を持ってはいなかったぜー」と笑った。「でも、畑鮎のほかの人が提灯を持って行っていたかも知れない」。

何にしても現地取材はユニークだ。２つの逸話の結論が私なりに出た。疑問が解けたことで、帰途のハンドルは軽かった。

疑問は解け、納得はしたものの、このような不幸な戦争は、二度と起こしてはならないと心を新たにした。

第三章

『位置』第16号

私の「三かく」

片《かた》山《やま》幸《ゆき》昌《まさ》

「義理を欠き・人情を欠き・交際を欠く」。ことわざの「三かく」とは、人との交際を避け、貯金に勤しみ、お金を貯めるための吝嗇（りんしょく）の方法だ。

私は毎日が日曜日の生活になってから余生を楽しく暮すため、この「三かく」を自分なりにアレンジし、「義理を欠く」「恥をかく」「字を書く」と、私の「三かく」を創り、毎日を暮している。

まず義理を欠くについて…

長年勤めていると、これまでに、世話になった先輩や同僚はゴマンといるはずだが、一線を退けば疎遠になるのは致し方ないこと。いつまでも現役時代のしがらみを、引きずりながら交際を続けることは困難である。義理を欠いても、それよりも町内会や老人会など身近な近所の人たちと親交を深めることの方が大切である。それは、かつての友人、知人も少々は、事情を理解し、許してくれるはずである。

親しい人とのフランクな付き合いや趣味仲間との利害の伴わない付き合いは、心に余裕が出来て、毎日が楽しいはずだ。

基本は、老人は引きこもらず、外で身近な友達と会話の機会を持つこと。そして、人生の最終章を力いっぱい楽しむことだ。

次に恥をかくだが…

現役時代は、職務の遂行にあたっては、不具合を起こさないよう、恥をかかないよう勤めてきたはずだ。そのため自己の行動は制限され、自分の志も十分に発揮出来ず、随分、ストレスを貯め込んできたはずだ。

現役を引退してからは、自分の自由時間は十分あり、今まで疎遠だった趣味などに打ち込むことはいいことだと思う。

趣味には俳句、川柳、絵画、エッセー、カラオケ、運動などたくさんの種類があるが、特に、人の前で発表し、作品を披露することは年を取ったとはいえ、自信が無いと恥ずかしいものである。

趣味は人間性を広げ、人間の品格を深めていくもの。未経験なものに挑戦するという心が大切である。趣味の面白さを味わわずして、黄泉の国へ旅立つことは余りにも悲劇的である。まず恥を覚悟で新しいことを始めてみることだ。多くの恥をかいてこそ、物ごとは上達するものである。

最後に字を書くことについて…

それは文章を書くことである。

文章なら、日記、詩、エッセー、小説など種類は何でも良い。書くことが大切である。心に思ったうれしさや悲しみを文書に書き綴ることは心に栄養を与える。

とはいえ、その思いや葛藤など微妙なニュアンスを正確に文面で表現することは難しい。しかし、毎日書き、推敲を重ねていけば、上手に書けるようになることは間違いない。

私は「サンデー毎日」になってからカルチャーの文書教室に通い、その後も、文芸サークルで文章を習っている。その間、自己出版で文集、八冊を発行しており、文章を大切な友としている。毎日、机のパソコンと対峙し、直情を独断と偏見で綴っており、これを毎日の生きがいにしている。

年を取ると文章を書くことに限る。書けば心も癒され、脳が活性化し、長生きが出来る。何より生きた証しが出来ることで、心がスッキリする。

飛行機雲

加藤節子《かとうせつこ》

パンパンと叩いて、おしめのふちはしっかり伸ばして物干しざおに通す。晴れた日の青い空に、白いおしめがずらりと並ぶ。風が吹くとおしめがひらめく。

今年の春、出産した娘は、二週間ほど紙おむつを使っていた。最近の紙おむつは、とてもよく考えられていると改めて知った。さらに、それはスーパーやドラッグストアなどで簡単に買い求めることが出来る。

テレビでは、漏れない、蒸れないとか、肌に優しいなど、おむつのコマーシャルが盛んに流れている。娘と孫の面倒を見なければいけない私にとっては、強力な味方だった。ひとつ仕事が楽になったように感じていた時だ。

孫の怜治におむつかぶれが出始めた。お尻が真っ赤になってしまったのだ。それを見て、娘は布おむつの方がいいのかどうかと悩んだ。おむつかぶれが始まってからでは、紙おむつも布おむつも同じらしいことも病院で教えてもらった。

それらを考えてどうするのかと、私は気をもんでいた矢先のことだ。

「お母さん、布おむつにするわ」

ああ、やっぱりそう来たか。内心毎日の洗濯が大変だからと、少し抵抗があったが、気を取り直して協力することに決めた。あと一カ月半だ。

「さっと、ウンチをとって、バケツに洗剤を入れておしめを浸けよう。ちょっと手洗いしてから、それをまとめて洗濯機に入れて洗濯したらいいわ」

「うん」

「それから、昔はおしめの上に敷く不織布の薄い紙があったんよ。おしめの大きさと同じもの。今もあるかなあ。あればそれ使ってみたら？　少し楽かも……」

そうして、おしめの洗濯が始まった。生まれたばかりの時はおしっこもウンチもほとんど一緒におしめについている。お風呂にたらいを置いて、おしめを広げる。汚れの少ないものから手でもんで洗う。そして、洗濯機ですすぎ、脱水を済ませて終了。

ある日、いつものように庭に出ておしめを干していると、青空に飛行機雲が白い線を描いて、ぐんぐん上っていくのが見えた。おしめがあの雲のように思えた。怜治もあの飛行機雲のように大空を越えていけと願いながら干すと、気持ちも明るい。

東京に帰った娘は、毎日おしめの洗濯を頑張っているらしい。

消えた卵焼き

神《かん》崎《ざき》 八重子《やえこ》

ある朝のこと、七歳の姉は目玉焼きが欲しいと言った。四歳の弟は姉と同じものを食べたがるので、何気なしに目玉焼きを二つ作りそれぞれの前に置いた。ところが皿を見た弟が言う。

「ぼくは卵焼きがよかった……」

なんとも切ない声と顔。そんなに欲しかったのかと卵焼きを作ることにした。その間に、姉は自分の目玉焼きをペロリと平らげて、弟がいらないと押しやったもう一つの目玉焼きに、手が伸びている。その二つめを食べ終わる頃、卵焼きがほくほくといいにおいをさせてできあがった。弟は、目の前にやって来た注文通りのこんがり熱々に、すっかり安心したらしい。とたんにおしゃべりが始まった。このところウルトラマンに夢中なので、身振り手振り話はだんだん熱を帯びてくる。

「ウルトラの父は強いんよ。角でやっつけるんだから」

卵焼きはテーブルに置いたますっかり留守になった。その時のこと、一秒とかからなかっただろう、一切れの卵焼きがさっと消えた。それも一番美味しそうな一切れが。ウルトラマンになりきっていた弟があれっと皿を見た。やっと異変に気がついたらしい。

「卵焼き何処いったん?」

不思議そうにキョトンとしながら捜している。当然消えた先は姉の胃袋なのだが、姉は平然として居ないがごとく気配までも消している。忍者も姿を消す時は、こんな風だったのかもしれないと思ってしまう。姉は、弟の面倒をよく見る母親のようなところがあり、黙って弟の物を取ったりしたことはなかった。それが今の早業はなんだろう。食も細いはずで、目玉焼き二つに卵焼き一切れにも驚く。けれど、おなかがすいていたのかもしれないし、おいしそうに見えたのだろう。自分の気持ちを抑えて我慢する子だったから、たまにはこんなこともあるのが子どもらしいではないかと、おかしいやらほっとするやら。が、弟にしてみれば言い分は十分にある。

「ななちゃん、卵焼き何処にあるん?」

どうも姉の仕業のような気がすると言いたげな弟に、姉はだんまりを決めたままだ。弟はとうとう怒り出した。

「ななちゃん、おなかの中から出してー! ぼくの卵焼きなんだから!」

無理なことを。テーブルを挟んで弟は思いつく限りの言葉を姉にぶつける。だんまりの姉も返し始めた。

二人の様子を見ていると、自分の幼い日がふっと浮かんできた。父は、あの大戦から復員してすぐ病に倒れて亡くなった。三歳だった私は一人っ子。父の顔も記憶に残らず食料も乏しく戦争の傷跡は大きい。兄弟げんかをしてみたかった幼い日はチクリと蘇る。

ところが近頃のニュースには、まるで鉛筆でも持つようにミサイルをかかげて「どうだ！」と得意げな顔と、「ならば核のボタンを押せるのはおれだ」と言わんばかりに威嚇し合う二人が映る。まるでがき大将のごっこ遊び？　言い合う言葉は、卵焼き騒動を繰り広げる子どもとあまり差がないような気がする。まさか国を背負っていることを忘れたのではないだろう。武器で背くらべをすれば行き着く先は戦争しかないよ。と、届くわけがないのに、テレビの画面にむかって一人で息巻いている。

保育園では、警報が出ても流行性の病気が入っても休園の措置を取らないけれど、たった一つ、ミサイルが飛んでくる情報が入った時だけ自宅待機になるそうだ。なんとも切ない。この子たちが大きくなったとき、世界はどうなっているのだろうと考えてしまう。子どもたちには青空の下《もと》で、おもいっきり笑える居場所を引き継ぐのが大人の使命だと思うが。

そんなことに思いを馳せている間に、我が家の卵焼き騒動はそろそろトーンが下がってきたようだ。納め時かな。

「お姉ちゃん、なんか言うことあるよね」

「あかったぁ。ごめん！」

葉隠れの姉は二年生になったけど、「わかった」だけはどうしても「あかった」なのだった。

介護の日々

神《かん》野《の》緋《あけ》美《み》

朝六時前に起きる。東の空が少し明るくなっていて春の近いことを知る。母屋で寝ている義母を起こしに外に出る。ブルッと寒さで身が引きしまる、つい半月前は真っ暗だった。

ベッドから洗面所まで連れて行く。一時間くらいお化粧に時間を費やす。九三歳の義母の一日の始まりだ、認知症の気配のないことが分かる。

今、週二日デイサービスに通っているが毎日朝化粧をして夕方には落している、この習慣が崩れたら危険だと思う。

午前八時前には義弟のFさんを部屋から食堂に連れて来る。数年前にリフォームでバリアフリーにしたが田舎の古い家で一箇所だけ出来なかった。居間から食堂に下りる所。

車椅子では一人で下りられない誰かの手が必要。

母とFさん、二人共甘い物が好きで義妹のJさんが作ったジャムとパン、コーヒーと牛乳の朝食を取る。

敷地の東側にある私たちの住まいの夫は朝三時頃。一人で起きて居間でテレビを見ながら私が朝食の用意をするまでひたすら待っている。

それぞれの三人だが共通していることは車椅子だということ。

朝食が終わるとデイサービスに行くもの、訪問リハビリを受けるもの、今日はお休みというもの、と曜日により三人の行動が始まる。

母屋と私たちの住まいをつなぐベルが時々鳴る。

その朝、けたたましくベルが鳴った。その日の私は月一回、ウォーキング教室の日だった。総社駅のＪＲの時間に合わせて外出の準備をしていた。スニーカーのヒモを結びお弁当の入ったリュックを背に玄関を出ようとした時だった。スニーカーのまま台所にかけ上がり通話口で「何んでしょうか」と尋ねても声が戻って来ない。

義妹のＪさんにすぐ連絡し、私は走るようにして駅に向かった。

電車は発車してもゆっくり走る吉備線にイライラする。用事は何んだったんだろう。ウォーキング教室なんかキャンセルして母の所へ行けば良かったのかと岡山駅に着くまでの数十分間ずっと考えていた。


一人だけで責任を感じて生活するというのは無理。

母、Ｆさんはウィークデーの午後は義妹のＪさんと三人で生活している。

私は毎朝の食事と日曜日にお世話をしている、母屋は妹がいなければ回らないようになっている。彼女のスケジュールに合わせて組んでいる私はそれに従うだけだが今はちょうどバランスがとれていると思う。

Ｊさんと私は共に七十歳を越えてしまった。

もう何年こんな生活が出来るだろうか、二人共、余白の時を分けあって仲良くと思う。

今朝はＦさんがトイレで転んでマヒ側の顔を打った。

家の南側にはサクラの木がある。

三月末には咲き始めるだろう。

探しもの

清川《きよかわ》文香《ふみか》

小銭入れを失くした。

かわいらしいキャラクターの顔が描かれた小さな赤いコインケース。銀色の短い鎖がついていた。家族で大阪の遊園地に行った時、たった一つ自分のために買った思い出の品で、高いものではないけれど、気に入って十年以上も大切に使ってきた。百円玉が五、六枚しか入らないが、自販機でジュースを買う時や駐車場で料金を支払う時に、小銭が出しやすくて重宝していた。

どこで失くしたのかわからない。どこかに置き忘れたのか、コートのポケットに入れたままにしていないか、心当たりはずいぶん探した。「探すのを止めたときに見つかることもよくある」らしい。しばらく忘れたふりをして、一カ月余り我慢してからまた探してみたが、やはり見つからない。大切な失くしものは、ふとした時に思い出され、いつまでも心にひっかかったままだ。

あれは結婚したばかりの頃だから、もう三十年以上前のことになるだろうか。

ある日、夫宛に一通の茶封筒が届いた。差出人の名前はない。少し重く、何か厚みのあるものが入っている。

けげんそうに封筒を開いた夫の顔が、中身を見るや否やパッと輝いた。そこに入っていたのは、結婚前、私が彼の誕生日にプレゼントした茶色い革の小銭入れだった。

私はその時初めて、彼がそれをどこかで失くしてしまっていたことを知った。

封筒から出てきたのは、数枚の硬貨が入った小銭入れだけ。手紙も何もない。

ファスナーを開けて、小銭入れをのぞき込んだ夫は、中から小さく折りたたんだ紙切れを取り出して私に見せた。

そこには夫の字で、「これは私がとても大切にしているサイフです。拾った方、お金は差し上げますから、どうかサイフだけは返してください」そして、住所氏名が丁寧に書いてあった。

日頃から忘れ物が多く、うかつな夫だが、私のプレゼントをこんなにも大切にしていてくれたのかと思うと、本当にうれしかった。失くしてしまったことを言い出せなかったのも、彼らしい優しさに違いなかった。

メモのおかげで、小銭入れは奇跡的に手元に戻ってきた。それにしても、名前も告げずに、入っていたお金もそのままでわざわざ送ってくれた方の善意には敬服するばかりだ。

親切な人の手に渡り、いろいろな偶然と幸運を得て、縁のあるものはこうして戻って来るものかもしれない。

私のコインケースもどこかこの世の片隅で、そんな幸運をじっと待っていてくれないだろうか。縁があれば……と、一縷の望みを抱いている。

時空を超えて

久《く》山《やま》房《ふさ》子《こ》

「おとうさん、この上のほうで仕事しているのに、いっぺんもここへ来てくれんのよ」と、施設の母はいつもの不満を繰り返す。

「私は、もう捨てられたんじゃろうか……」

なんだか、源氏物語の「夕顔」の世界。

お渡りのなくなった、哀れなか細い美女が嘆いているかのよう。


父は亡くなって早七年余、母も先日九十三歳になった。

母の日課は父が書き溜めたおびただしい日記帳を、居室のテーブルに積み上げて、折に触れ読むこと。「読むなぁ」と、はにかむ人は既にいない。そして、もう一つは海外旅行のアルバムを眺めること。こういう時の母はとても幸せそうで、心の中に父が生き生きと立ち上がっているかのよう。

ある時は父の運転するモーターボートに乗り、旭川河口、高島あたりで、秋の日差しの中、のんびりとハゼ釣りをする相棒である。鱗を取って串刺しして、庭のあくらの木に干すのである。それをお正月料理の出汁として使う。近所や甥や姪にも配る。「やっぱり味が違う」と言ってもらうと、うれしいのである。

春、菜園では父が耕し畝を作り、母がその上に種を丁寧に撒く、共同作業。

父が町内会長だった時には、母は覚えたてのワープロで、ぽつぽつと懸命にお知らせを作って印刷し、町内に配って回った。上司と秘書？

退職後、しばらくはまった海外旅行は、いつも母が計画し準備した。パスポート、クレジットカード、現金などを腹巻で管理するのは父。カメラマンも父の役。母はそれをプリントして、アルバムに切符やカタログなどとともに説明文もつけて編集する。いつも二人は一緒で「人生で今が一番楽しい」と。

「おとうさん、私のことを忘れたんかなあ……。いい女性が出来たんじゃろうか……」と、演歌の世界が展開しだすと、私もいい加減嫌気がさして、

「おとうさん、いないのよ。逝ってしまったのよ。」

「いつ？」

「七年前……」

「わたしゃあ知らん……」の繰り返し。

ついには、残酷にもお位牌を見せると「これは嘘じゃ」

最近は、私もこのやり取りに疲れ、すべてを受容することにした。

「おとうさん、今日も来なかった。ご飯食べたんじゃろうか？」

「ふーん、仕事が忙しいのかなあ……」

「あんた、この頃おとうさんに会ったん？」

「元気そうだったよ」

そんな事を言いあっていると、私まで父がすぐそこに生きているような気になったりする。

最近ではお墓はともかく、仏壇もしばらく覗いていないし、お花もない。お盆もお彼岸も法事さえ馬鹿らしくなった。


そうだ、父は生きているのだ。

だって、私は日々父と言葉を交わしている。いつもこんなことをしたら、お父さんはどう思うかな、どう言うかなと考える。


車で遠出するときは、頭の後ろで「気を付けて行かれえよ」と声が聞こえる。

無人の実家の庭で草むしりすると、縁側から「きれいにしてくれてありがとう」

冷たいお茶こそ出てこないが、セミしぐれの中に確かに声は聞こえた。


なんだか、私も時空を超えてきたぞ。

第四章

『位置』第16号

頑張りんせーよ

久保田《くぼた》　三千代《みちよ》

退職後は、文芸の趣味を持ち、楽しみたいと思っていた。

五十六歳で早期退職。先ず、朗読奉仕の会、続いて俳句講座、そしてエッセイストクラブに加入した。

当時、「岡山県俳人会」を立ち上げて会長をしていた竹本健司先生に初めてお会いしたのは、先生主宰の句会「ツデイ句会」に参加した日だった。十三年前のことだ。

三十人近くいた参加者の中で、まるっきりの初心者だった私は隅の席で小さくなっていた。中央の席の先生は、大きくて、堂々としていて、しかし、格式ばった威張った風は全く無く、穏やかな笑みを浮かべていた。その時、どんな句を出し、どんな評価を得たのだったか……。

皆が遠慮なく言いたいことを言いあう気持ちの良い句会が終ると、先生は、

「久保田さん、頑張りんせーよ」と声をかけて下さった。嬉しかった。

数年後、「ツデイ句会」の幹事をすることになった私は、先生との距離が縮んだような気がしたのだろうか、ちょっと親しくなった人には誰に対してもタメ口を利く悪い癖があるのだが、あ

ろうことか、先生にも利くようになった。電話で連絡するときでも、会って話すときでも、先生は私のタメ口に何時もにこにこと寛容でいて下さった。

句集はもちろん、俳論集、エッセイ集なども出版している先生に、私が山陽新聞の〈一日一題〉に連載するエッセイを見ていただいた時、

「僕も〈一日一題〉は書いたことがありますよ。実はね、僕は俳句よりエッセイの方が得意なんじゃ」といたずらっぽく笑って、助言して下さった。

あの頃の先生はまだお元気だった。そして、俳句をもっと多くの人に広げたいと、全生活を俳句に捧げておられた。

酒が好きで、金子兜太氏をして、「竹本健司にはかなわん。一升瓶を横に置いて、冷のコップ酒で朝まで飲んでもつぶれん」と言わしめたのは、随分若い頃の事だろうが、私がお会いしたころは大病を患った後で、いくらか摂生しておられたようだ。先生と一緒に飲む機会は数回あったが、殆ど飲まれなかった。その後、何度目かの入院の後、偉丈夫とも言いたい立派な体躯だった先生が次第に痩せていかれた。

そんなある日、先輩のHさんと一緒に呼び出された。先生監修の季刊句誌『明（あけ）』の編集をHさんと二人でやってほしい、と言うのだ。そんな大役、務まるはずがない。とても無理だとお断りしたのだが、

「それなら、『明』は廃刊にせにゃあおえませんなぁ」とおっしゃる。そんなぁ……。Hさんはと見ると、「久保田さん、一緒にやりましょう」ときっぱり。とうとう引き受けることになって

しまった。今思えば、その頃先生は、ご自分の年齢と体調を鑑みて、若い者たちへ『明』編集のバトンタッチを考えられたのだ。

十日後、引き継ぎのために先生ご夫妻とHさんが拙宅へ来て下さった。ご自宅の目黒町から十数キロメートル。初めての道を運転して来られたのだ。

我が家の駐車スペースは二台分あるが、二台目は縦列駐車で入らねばならない。

「違う違う！　先生、ハンドルは左へ切る！」

上から目線の大声で誘導する私に、困惑の表情を浮かべながらハンドルを握っていた先生。何度も切り替えて駐車できた時はほっとしたが、ひょっとすると私の指示の方が間違っていたのかもしれない。何とも申し訳ない事であった。

それから五年、入退院を繰り返しておられたが、小康状態のときは、ツデイ句会の句表の選をしたり、『明』の原稿を書いたり、できる限り句会へも出てきて、私たちを応援して下さった。亡くなられたのは、二〇一六年五月二一日。ご家族に看取られての静かな最期だったという。私利私欲、権勢欲、名誉欲など、世俗的な欲とは無縁の生涯だった。

先生とのお付き合いはたったの十三年。先輩諸氏に比べると大変短く、もう少し早くお会いできていたらどんなに良かったろうと思う。しかし、その短い間に、俳句の詠み方はもちろん、人としての在り方・生き方まで、無言のうちに教えて下さっていたような気がする。

今も、誰にも公平で、誰をも包み込む穏やかな先生の笑顔を、繰り返し繰り返し思い出す。「頑張りんせーよ」と言う優しい先生の声が聞こえる。

「ＱＯＬ」への私の挑戦

倉《くら》坂《さか》葉《よう》子《こ》

自分のコンプレックスを挙げるのには、事欠かない私であるが、自らの怠慢と格闘して、取り除けるものと、あと、個人の努力では、どうにもならないものがある。後者において、最大のものは、私の場合、学力コンプレックスであった。

旧高等女学校は、五年制なのに、「戦時短縮」と称して、四年に縮少された。大切な、最後の一年間は、勉強どころか、軍需工場に学徒動員され、白鉢巻きにモンペ姿で、終日、油まみれになって働いた。

「机の上でノンキに勉強している場合ではない」と、教師たちは、口々に言った。

先生の教えは「絶対」と信じていた私は、毎日××鉄工所に通い、旋盤の操作を覚え、鉄より軽いジュラルミンを造っていた。このジュラルミンの美しさは、一言では言い表せない。飛行機の部品に使われるそうであるが、旋盤から、あとから、あとから繰り出されるジュラルミンは、キラキラと白銀の光を放ち、人間どうしの殺し合いの道具にはさせたくなかった。

女学校へ行ったら、英語が習える、と楽しんで入学したが、アルファベットの暗記が終わると、

「ここから先の英語の授業はありません」

盾突こうものなら、退学処分となる。

町へ出ると、「撃ちてし止まん」のポスターだらけ。白い割烹着の婦人会のオバサンたちが、千人針に協力を呼びかけていた。

大東亜共栄圏を造って、日本はそのリーダーになるのだ、と軍人たちは張り切っていた。

女学校には、英語の授業の替わりに、「修身」という授業が加わり、文字通り、「身の修め方」を教師が説教する。これが眠くて聞いていられない。工場でジュラルミンを造っているほうが遥かに面白かった。

戦時下の女学校の四年間は、私にとって何だったのだろうか？　男はみんなゲートルを巻き、女はモンペ姿で竹槍訓練に明け暮れた。

英語への大コンプレックスは、一生続いた。今日の若者で、英語を知らぬ者はほとんどいない。本を読んでいて、カタカナの英単語にぶつかると、思考が停まってしまう。お世話くださる若い介護士さんに訊くと、「Ｑは質でしょう?」と、即座に答えが返ってくる。なるほど、「ＱＯＬ」とは、質の高いライフスタイル、の意味か、と納得する。

食べて寝るだけなら、犬でも猫でも可能である。人間である以上、人間にしかできない脳の力で、モノを創造したり、考えたりの作業ができて、はじめて、人間と言えるのだ、と思う。

老人ホーム、という限られた環境の中で、いかにして、「ＱＯＬ」を保つか？

これが目下の私の試行錯誤である。

母の入院

桑《くわ》木《き》孝《こう》二《じ》

今年は例年になく、紅葉が鮮やかに感じる。玄関先のもみじもこんなに赤かっただろうかと改めてその存在に気づかされる。

九十歳になる母親が、Y病院に入院した。切っ掛けは、門の外にある花崗岩の敷石と周辺のコンクリートとのわずか一センチほどの段差につまずいたのである。庭掃除をした後、門の外の郵便受けに郵便物を取りに行ったようだ。

家には誰もいなかったが、たまたま、隣の家を建てていた工事関係者の方が、門の外に倒れていた母を見つけ、一一九番に連絡してくれたらしい。

検査の結果は右足大腿骨骨折である。いわゆる老人に一番多い骨折である。

翌日にでも手術だろうかと思いきや、心臓に若干の弱りが見られるとのことで、一日おいて循環器専門の先生がいるK病院へ入院することになり、救急車で転院をした。

落ち着いたら手術かなと思っていたら、さにあらず。

主治医の先生が七、八年前、母がこのK病院で、胃がんの手術（胃の三分の二を摘出）をしたときの話を持ち出してきた。パソコンで検索すれば、過去の経緯も簡単に出てくるようだ。信仰上の理由から「輸血をしないで手術をしてほしい」と母自身が主張していたのである。

検査の結果、ヘモグロビンの数値が、8程度でこの数字では、輸血の可能性を否定できない、という。前回の胃がんの手術の時のヘモグロビンの数値は11から12あったらしい。

先生は、患者（私の母）の意識がはっきりしている以上、本人の意思に反して、輸血が必要な手術はしない、とはっきり言うのである。個人的には輸血をしたとかしないとかを本人には言わなくてもいいじゃあないかと思いつつ、先生の話を聞いていた。

本人の意思に反して輸血した場合の損害賠償を求められた裁判では、最高裁で敗訴したそうである。困った判決だと思う。

一刻も早く手術をして、リハビリに専念しないと、歩けなくなることはもちろん、認知症が始まる恐れがある。そんな思いを抱きながら、本人と医師、そして私を含む息子三人で話し合った結果、取り敢えず、増血剤を飲みながら、一週間程度ヘモグロビンの増加を待つことにした。

約二週間後の十月十八日に、手術をした。ほどほどにヘモグロビンの値もあがったからである。手術は成功し、出血もわずかであったらしい。一週間ほどK病院でリハビリをしてY病院に転院した。

現在もリハビリを続けているが、まだ車いすに自分一人では移れないでいる。認知症の兆候も今はない。正月には杖をついて歩けているだろうか。

ロシア民謡「一週間」について

小《こ》林《ばやし》一《いち》郎《ろう》

小さな直売店をしている。自分で作った無農薬野菜や近所の方の作った野菜・果物等を売っている。お客さんは、いつもの常連の方ばかりで、和気あいあいというのか、顔なじみの方がほとんどである。いろいろな話が聞けたり、面白いことを教えていただいたり、なかなか楽しい店になっているると自画自賛している。もちろん、あらゆる商品が安く揃っていて、何でも買える大規模なスーパーとは比較にならないが、品数は少なく、質も量も不安定、ただ価格だけはどこよりも安く、会話や交流のできる自分の店のようなものも、あちこちにあってもよいのでは、と思う。森さんという方もなじみのお客さんで、子供さんが、長女の由希と同じ高校へ進学されたことから親しくなっている。

先日来られた時、ご主人がイラストレーターとのことで、店の二階の広間で個展をさせてほしい、との話があった。ご主人の作られた作品などみせていただいたりして、色々話しているうちに、「主人の父親が、ロシア民謡の『一週間』の訳詩をしたんです。」という。自分も、ロシア民謡が大好きで、若い頃はよく一人で歌っていたので、驚いて色々聞いてみた。「森おくじ」さん、という北海道出身の方で、戦後シベリアに抑留され、ハーモニカが得意だったので慰問団に入り、あちこちを回る中でロシア語を習得され、ロシア民謡の訳詩をされたとのこと。ロシア民謡の歌集には「楽団カチューシャ」訳詩とあり、森おくじとしては出てないとのことだった。

後日、『ロシア民謡を日本に広めた　森おくじの世界』という本（清風堂書店）を貸して下さった。なお、本の表紙デザイン・イラストなど、森さん夫妻がされている。この本によると、森おくじ（森奥治）は１９２５年生まれ、子供の時から絵とハーモニカが得意で、16歳で国鉄に勤務、19歳で召集。サハリン国境警備隊へ入隊、終戦後にソビエト軍と交戦し、捕虜となり、シベリアに連行された。極寒の地で過酷な労働に従事する仲間を励ますために、各地で捕虜たちが楽団を結成したという。ハーモニカが得意だった森おくじは、ハバロフスクの収容所の楽団に加わり、１９４９年に帰国するまでにロシア民謡を13曲訳詩し、7曲を作詞・作曲したという。帰国後、国鉄に復帰するも、すぐに退職、「楽団カチューシャ」の結成に参加し、全国を巡回し、うたごえ運動の一翼を担い、１９６６年にカチューシャを退団するまでの間に、ロシア民謡１３５曲を訳詩し、30曲以上の作詞作曲を行ったという。これらの中には、「一週間」「カリンカ」「モスクワ郊外の夕べ」「トロイカ」（共訳）などのよく知られているロシア民謡がある。

「トロイカ」は、多くの日本人に親しまれていて、次のような歌詞である。

1　雪の白樺並木　夕日が映える
走れトロイカ朗らかに　鈴の音高く
2　ひびけ若人の歌　高鳴れバイヤン

走れトロイカかろやかに　粉雪けって
3　黒いひとみが待つよ　あの森越せば
走れトロイカ今宵は　楽しいうたげ

しかし、この原詩は、貧しいトロイカ（3頭だての馬車）の馭者が恋人を地主に取られるという悲しい歌詞だという。元はさびしくゆっくりとした曲だったのを、そのメロディーの美しさに気づいた森おくじら3人が、若者の明るい喜びを表現する訳とし曲も早くリズミカルに演奏することにした、ということで、訳詩というより作詞と言えるとのことである。そういわれてみれば、疾走するトロイカの躍動や恋人のもとに急ぐ馭者の喜びが生き生きと伝わり、背景のシベリアの大地の広がりやタイガの景色を感じとることができる。かえって原詩による歌とはどんなものか思い浮かべにくいほど、日本人に慣れ親しんでいる。

「一週間」というロシア民謡は

1　日曜日に市場へ出かけ　糸と麻を買ってきた
テユリヤ　テユリヤ　テユリヤ　テユリヤ　テユリヤ
テユリヤリヤ
テユリヤ　テユリヤ　テユリヤ　テユリヤ　リヤー
2　月曜日におふろをたいて　火曜日はおふろに入り
（くりかえし）

3　水曜日はともだちが来て（あなたと会って）
木曜日は送っていった
（くりかえし）
4　金曜日は糸巻きもせず　土曜日はおしゃべりばかり
（くりかえし）
5　ともだちよ（恋人よ）これが私の　一週間の仕事です
（くりかえし）
（　）は、NHKが「みんなのうた」で了解のもと変更して放送した歌詞

という歌で、1957年に森おくじが訳詩したものである。当時のうたごえ喫茶で人気曲となり、ボニージャックスのレパートリー曲となった歌である。その後ダークダックスはロシア公演で締めの曲として歌ったことから、ロシア人にもあまり知られていなかったこの曲が人気になり、広く知られるようになったという。店で森さんから直接聞いたことであるが、4の歌詞は、原詩が少し長いので、短く訳しているとのこと。原詩では、「……、土曜日は、亡くなった人のことを思い出し話し合う」ということだったとのこと。1番から3番までの歌詞が、おおらかなのんびりとしていて満ち足りたような日々を歌っているのに、急に心の中の哀しみや思い出に触れるような歌詞になっていることに、ドキリとした衝撃を受けた。森おくじ氏が、長いので略した歌詞こそが、何かロシア人と日本人との違いにつながるもののように感じられてならない。

日本人は、人の死とか、亡くなった人の思い出とかを潜在的に避けようとしているのではないか、過去のものとして触れたがらないのではないか、その時、直感でそう思えた。森氏の訳は、そういうものに触れたがらない日本人に合わせて、意図的に短くしたのではないか、そう感じられる。明るく平和な何事もない日常の歌こそが日本人の好むもので、死を連想するようなことは伏せておくという日本人の傾向を洞察しての訳詩だったろうかと思う。音楽で言えば、明るくのびやかな曲が急に短調に変化する、そんな陰りは好まれないと思ったのではないだろうか。

自分のことで考えると、親族の法事でも、お経・墓参り・会食と進んでも、もちろん一人一人の心の中には思うことがあるのだが、亡くなった人のことを互いに話し合うことは少ない、というより、ほとんどない。それでも十分ではないか、心の中にはあるのだから、と言われればどうしょうもないが。

例えば、戦死した叔父について、少しひょうきんな人だった。音楽が好きでレコードをよく聴いていた、上の学校に行かせてもらえないことを親に文句を言っていた、フィリッピンで戦死した、等のことを叔父叔母や母から断片的には聞いているが、それ以上のことはあまり聞いていない。叔父が何を望んでいたのか、どんなに大変な戦場に送られたのか、どんな死に方をしたのか、残された親や兄弟のつらさや無念さなど誰も話さない。ましてや感情に表わすことはない。もちろん、話せば話すほどつらくなるだけだろうとは思うが、話さなければ深まらないのではないか、後世に伝わらないのではないか、そして本当の供養にならないのではないか、と思うのだが。わが家だけでないだろう。

我が闘争

小《こ》林《ばやし》源《げん》蔵《ぞう》

大層な題名つけさぞかし何を書くのか懸念していることだろうが、ナチスやヒットラーに触れるわけではなく、些細な私事である。私にとっては生涯ついて回るだろうが他人には「なんだこれ」というような不埒なことと映るだろう。

風邪には、流行性感冒いわゆるインフルエンザウイルスに侵されるのと鼻風邪、夏風邪などあるというが、インフルエンザが一般に浸透したのは僅か半世紀ほど前からで、それまでおしなべて風邪と呼んでいた。私が風邪にかかった最初の記憶は小学校一年生の時、学芸会の前日から欠席する羽目になり、「舌切り雀」のおじいさん役をふいにした。次いで、三年生の頃、柿が熟す季節に風邪で休み、もう快方にあったのか床で紙飛行機を折って部屋中散らかし母親が小言も言わず片付けていたのが印象にある。あの時の紙は何だったのだろう今ならチラシをはじめ雑誌など利用できるものはいっぱいあるが。次は高学年の時、表の障子を開けてぼんやり外を見ていたら学生が列になって歩いていた。後で聞いたら中学生が背嚢《はいのう》を背負って行軍していたそうだ。

記憶に留めるようになって風邪をひかなかったのは、一昨年（2015）だけ、遂に全ての型を制覇したかと内心ほくそ笑んだが糠喜び、去年は二回、今年（2017）初回を消化。ワクチンの入荷が十一月にずれ込むということで際どいところで風邪に先を越された。岡山ガス展に出かけて会場内の人混みを過ごしたのが感染のもとか。昨年は井原市田中美術館の「棟方志功展」に入場した際に感染が考えられる。症状は、竈《かまど》ご飯と同じで、はじめちょろちょろ中ぱっぱ……、今年は咳先攻型、次に鼻水、高熱と続いた。どこでいつ聞いたか「医者にかかっても七日、かからなくても一週間」同じならかからない方をと、これまで一度も風邪で医者にお世話にならなかった。医学も日進月歩、風邪の症状軽減の術もあるかもと今回初めて医師に処方箋を依頼。何十年も「風邪」で医師にかかるまいと心に決めていたのに禁を破った報いか、二日も休めばいいのに長引いてしまった。咳が出るのは入ってきた菌を追い出すため警備しているのに、咳止めを使っては丸損。鼻水が出るのは菌を包《くる》んだり死骸を送り出すため。熱が出るのは菌と体が戦っているためと聞いたことがある。解熱剤を使用することは白旗を揚げろというようなもの。いずれにしても必然性があり、自然治癒力を忘れていたといえよう。

かくて、横臥して三日目の夜、目が冴えて、睡魔が来るまでテレビを見ていたが、日付が変わってもノックがない、更にBSプレミアムで女優「杉村春子」を描いた番組を見ていたら、とうに朝三時を回っていた、そこで寝たふりして睡魔を待ったがますます冴え、本稿を思いついた。本来ならば即座に机に向かうところだが、早朝にガタゴトすれば迷惑とひたすら布団の中で推敲、添削。案の定、文章に起こすと矛盾だらけ風邪の余熱の仕業だったのか。締め切りまで室で寝かしてみることにした。

カラオケデビュー

古《こ》林《ばやし》勇《ゆう》二《じ》

懐メロや演歌が好きだが、七十三歳までカラオケで歌ったことはない。

実家で昔、大人の酒席があった。寡黙な父が赤い顔で「湯島の白梅」を歌った時、子どもながら、もげ節だなあと感じた。以来、この歌は好きになりよく口ずさむが、私の音痴は親譲りだ。

大学入試で教員養成学部を受験した。第二志望を小学校課程にしたので童謡「七つの子」がピアノ伴奏で課題だった。上がってしまい、声が裏返って失敗だった。

会社勤めの頃は飲む機会が多かった。酒が回ると箸をたたき、手拍子で歌った。村田英雄の「王将」「夫婦春秋」、三波春夫の「チャンチキおけさ」「船方さんよ」などを思い出す。一九八〇年代になるとカラオケが一般に普及した。酒が回り、歌う人はいい気分だろうが、好きでもない歌を聞かされるのは不愉快で興ざめだった。加えてマイクを勧める人もいる。「私はにがてなので」と断ると「下手も愛嬌」とか「うまけりゃ歌手ですよ」などと押しつける。私は歌詞本が回り始めると、「ちょっとトイレに」と席を外すようになった。

三十歳前に高校教員になった。文化祭で歌謡番組があり、「新任教員は参加」と強制された。

生徒のバイオリンやコントラバスなどの演奏をバックに「浪曲子守唄」を歌い、大恥をかいた。

定年退職後、旧知の連中と年に一回、一泊の親睦旅行をする。夜はカラオケ大会だが、この場合の中途退座はむずかしい。体調不良を理由に部屋に戻るのも毎回は通用しない。

とうとう昨年七月、七十三歳を機に、採点付きの曲内蔵カラオケマイクを通販で買った。プロの歌手なら引退する年齢でのカラオケデビューである。

唱歌「もみじ」で歌い初めをした。なんと、八十一点の採点にはびっくりだ。次の「春の小川」は八十五点。「音程がおかしいほど高得点がでる妙な器械ですね」とわが妻。「なら歌ってみろ」と私。五十年ぶりに聞く妻の歌はけっこう聞ける。だが、得点は七十点台だ。「忖度」してくれる機器らしい。高低に気をつけて音を出すだけでもそこそこの点数は出る。

私は古希を過ぎ金はないが時間は有り余る。午前中は菜園いじりや図書館通い。午後は仮眠、散歩、夕方はドアを閉め切って独りカラオケをする。三橋美智也、春日八郎、北島三郎、都はるみ、島倉千代子などの好きな歌を一覧表にしている。新しい曲は歌えないのだ。

十一月、恒例のお泊まり旅行。人前でカラオケデビューをした。宴席ではアルコールを控えてその時を待った。歌好きがマイクを握り始める。「一曲やれよ」とマイクを向けられる。ためらうふりをして、「別れの一本杉」を熱唱する。九十五点には皆、「ありゃまあ」とびっくり仰天。続いて、「風雪流れ旅」で九十三点が出る。「アンコール！」は辞退してさっとマイクを置く。

今日もいそいそとカラオケ準備をする。歌の世界にのめり込んで一生懸命歌う。腹式呼吸すると音量も上がる。この年齢で新しい趣味ができて勇気がわく。何よりも楽しい。

第五章

大久野島にて

斎《さい》藤《とう》恵《けい》子《こ》

夏の終わり瀬戸内海の大久野島へ行った。忠海港から乗船し十分あまりで着く。船は海賊船を模し、舳先には剣をかざした人形が。赤い船体は陽を浴びきらめき、海は穏やかで頬を撫でる風も快い。桟橋から少し歩く。道には子ウサギ。仔猫ほどの大きさで逃げない。黒くつぶらな瞳で人を見あげる。しゃがんで船で買った餌をやろうとするが、満ち足りているのか知らん顔。見回すと木蔭にも、建物の傍にも、道ばたにもいる。ウサギは声を立てないので数羽集《つど》っていても静かだ。白、薄茶、黒と毛の色はさまざま。四、五羽ずつ仲良くいて可愛らしい。

周囲四㎞ほどの小島。ヤシの木が立ち並び、国民休暇村の近代的な宿泊施設もあり、リゾート気分いっぱいである。潮騒の音と海の匂いの風。のんびりした気持ちになった。

この島でかつて毒ガスが製造された。瀟洒なレンガ造りの毒ガス記念館でその歴史を知ることが出来た。入ると黄ばんだ白布に包まれ防ガスマスクをした人型《ひとがた》が立つ。ガラスケースには使い込まれた手帖や筆記用具。生きていた人の雰囲気が立ち上る。昭和の初めには田畑が広がり農家も何軒もあった。それが「地図から消された島」として毒ガス等化学兵器製造の島になった。

化学兵器の容器はつやつやして大きな味噌樽のようだ。屋外に展示されている。外には上官用の防空壕も。いつの時代も危険な仕事は末端の人が行う。戦時中は女学生も動員されて港まで危険物と知らされず運ばされたという。今も後遺症に苦しむ人も多いという。

発電所跡、砲台跡、毒ガス貯蔵庫はツタが絡まり古色蒼然としている。色褪せているが風格があり美しい。アーチ型の入り口などヨーロッパの古城を思わせる。殺人兵器を製造するところとは思えない意匠に戸惑いも感じた。風化のままになっているが惜しい気がする。

神社もあったが廃屋となり立ち入り禁止となっていた。それでも多くの人びとがいた気配が、さわさわ生い茂る草のあいだから漂う気がする。生きていられるよう祈っていたのだ。

ふいに若くして南方で戦死した叔父のことを思い出した。父は亡くなるまで叔父のことを口にしていた。その父も戦争が終わりこの瀬戸内海を船で帰郷した。

時代により生死は不条理に分かれる。生きなければならないがために殺人兵器製造に従事しなければならなかった人たち。誤って作業中に死した人もいただろう。兵器で殺された人も。

島で使われる水はヒ素が検出されたのですべて島外から船で運ばれる。毒ガスや化学兵器は土中に埋められ、また海洋投棄されたからだ。今も海底には毒入り陶器が幾つもあり、それを除去するのは難しいようだ。

夕暮れ、海は金色に染まり水平線に赤い帯を広げた。子ウサギが無邪気に跳ねる島、毒ガス製造所があった島。相容れ難いことが混在している島。人の生きる場所とはそういうものかもしれない。でも、これからは良いことだけがあってほしいと子ウサギの瞳を思いながら島を後にした。

おばあちゃん先生の日記

坂《さか》本《もと》素《もと》子《こ》

朝、八時前後の保育園は、父や母に連れられて来る幼児で一杯になる。寒い日も暑い日も雨の日も変わりなくという風である。

変わるのは「ああー」「うー」という喃語しか発声できない一・二歳児が半年も過ぎると、片言で語りかけてくることだ。人間の能力のすばらしさに圧倒される。そればかりか大人たちの話を驚くほど正確に理解しているのにびっくりすることがある。育児経験者なら誰しも覚えがあるだろう。小さな手、小さな足で歩けば大人は、そのいとけなさについ幼児語で話しかけるが、見当違いなのかもしれない。

「おはようございます」

「今日は四月十日です。自分の名前を書いてみましょう。鉛筆は三本の指でつまむようにして持って下さい」

「お父さん、お母さんから、つけてもらった自分だけの名前です。一生使う自分だけの名前をていねいに書いて下さい」

年中さんたちは、鉛筆を細い指でしっかり握る。家で練習してきているので、ほとんどが書く。書けない子も毎年二人ぐらいはいるが、お手本をなぞる練習をさせる。思えば生まれて千四百日ほどしか経っていない。書き上がった字を見ると、起筆、終筆など皆目分からない。「絵」のような認識で、ぞろぞろとひっぱった絵文字がほとんど。それに赤で大きな二重丸を入れてやる。どの子も顔から笑みがこぼれる。

こうして、自分と他人との区別、今日が十日という日、天気は晴であることを認識させる。おいおいに物には名前があること、花や虫の名を覚えていくことになる。そして、物の名は幾つかの音で出来ていることなどを繰り返す。音をあらわす「ひらがな」の練習がここから始まる。なぞり書きをして覚える。四歳児は「ことばの教室」で「もの」と「ことば」と「おと」をひらがなとカタカナで表すことを知る。「かず」の呼び方も数字で書くことを知る。

授業の二十分の中で五分くらいで読める絵本を読みきかせ、季節や行事、いつ・どこで・何が・どうしたかの意識を持たせる。一年があっという間に過ぎる。

「年長さん」になると「何月何日、曜日、天気」の三点セットを漢字で書く。一年は春夏秋冬の季節があり、一月から十二月まで。一週は月曜日から日曜日までを学ぶなど。「ことぱ」の「音」と「文字」の関係や、動作を表すことば、反対語、さかさことばを見つける。カタカナを知ると漢字の表記が楽しくなるのか、パズルのような漢字に喚声を上げる。

「天気の『晴』の字は、お日さまと青い空で『晴』と書きます」「『曇』という字はお日さまの下に『雲』があって光が届かないので『雲』と書きます」「『雨』は水の粒がポツポツ落ちてくるので、ポツポツを書いて『雨』昔の人はうまいことを考えるね」

先日も、突然、風花が舞い出し「あっ」という間に屋根や園庭が白くなった。勉強を雪遊びに

変えた。

「雪が降った」「『雪だるま』ができた」口ぐちに叫ぶ中で、一人が「雪の字を書いて」とせが

んだ。これまでに晴・雨・雲などを知っていたので、白板に雨の下に（ヨ）を書いた。（ヨ）は、

「手の形から出来た字で、雪は手にのる。手にうけるからよ」というと「エエッ」といいながら

書いている。好奇心は大人以上で、彼らは出会ったものは何でも、覚えずにおれないようだ。強

烈な記憶力の持ち主だ。「昔の人はうまいことをかんがえたな」「先生、かんがえるという字があ

るの」という。「あります」白板に『考』と書いた。「かんがえるという字があるんだ」とつぶや

く。物には名前があるから、目に見えない抽象語にも字がある「デカルト」の命題『我思う故に

我在り』の思考と似たものか。この時、私は子供の驚異的な可能性に驚いた。

又の日、珍しく霧が深い日だった。

早く来園した子たち、五・六人がかたまりになって遊戯室の中を走り回っていた。そのかたま

りの集団が不意に私の前を横切る。瞬間、右足をとられて左肩から横転した。すぐには立ち上が

れない。小さな顔が五つ六つのぞき込み、大丈夫かという顔で聞いてくる。

やっと立ち上り、教室に入ると、それを見ていた子たちなのだろうか、心配そうな顔を向けて

きた。さあ、始めようと息を吸い、

「今日は節分。あすから春ですね」

「『節分』というのは「竹」に節があるように、一年を四つに分ける呼び方です」

「草が大きくなって、あたたかくなるのは『はる』𡗗《くさ》の下にお日さまを書きますよ」

「ところで、春になるとうれしいことがありますね」

「一年生になること」「ランドセルを買ったこと」などと口ぐちにいう。

白板に書いた字をノートに書いたら、持って来る。私が赤で花丸を入れる。それにしても痛い。ごほうびのシールをはるのもうまくいかない。待っている女の子たちが心配して「痛い?」とか「どこ?」と聞いてくれる。「腕と肩」といえば、小さな手でなでてくれる。その感触がえも言われずやわらかく気持ちいい。

夜、湿布をはって休んでいると何故か、あの子たちの小さい手の感覚をたどっていた。

『バナナ様』と『お桃様』
～近寄らないで沢田の柿

佐《さ》藤《とう》栄《えい》子《こ》

『バナナ様』

七月のある日、スーパーにいくと、バナナ売り場の棚の一画に特別に目立つ形で『岡山県産バナナ　一本五百四十円』と表示したバナナが目に付いた。

一瞬安い！　と思ったが、他のバナナは一袋四～五本入りで百二十円～二百五十円。それとなく見ていたら、何人かはチラリとバナナを見て素通りし、立ち止まった人も安価なバナナを選んだ。

まだ、バナナは一本三十円ぐらいどの価値判断が定着しているのだ。

カートを押しながら考えた。

あのバナナを見た瞬間、安い！　と思ったのは、三月にデパートで一本六百四十八円のバナナを買ったからかも知れない。

三月中旬に新聞・テレビで「岡山県産バナナの初出荷！」と報道していた。早速、デパートの地階売り場へ行った。

バナナは五ミリ位の輪切りで、試食品として提供しながら販売されていた。店頭に見本があった。透明な下げ袋に葛飾北斎の富士山の版画。その上にバナナを一本入れ、「もんげーバナナ」と書いたシールが貼ってある。まるで『バナナ様』。台紙の版画は三種類あり、購入者が選べる仕組みになっていた。

私は見舞いに行く所だったので、台紙は「浪裏の富士」を選び一袋に二本ずつ入れ三袋買った。病室に入るとちょうど、姪がきていた。早速姪と病人に一袋ずつ渡し、今見てきた状況を話しながら、バナナ二本の付加価値をさらに高めようと「新見の人が、岡山でバナナ栽培に成功したのよ。バナナの栽培北限は鹿児島だったのに、一気に岡山まで押し上げた作品なのよ。これが！無農薬栽培で、木熟れだって」と一袋千二百九十六円の『バナナ様』の成り立ちを話した。

一袋は持ち帰り、ゆっくり頂いた。味はネットリして、ほどよい甘さが広がったが、いつも購入するバナナの二十倍の価値があるとはとても考えられなかった。

しかも、ここはスーパーではないか。日常の食材を求めに来る所。一本五百四十円のバナナは、デパートより幾らか安くても、その価格を見た主婦は「高い！」と購買力など失せてしまう。

しかし、岡山栽培のバナナは都心のデパートでは一本千円で販売されていると聞いて、さらに驚いてしまった。

『お桃様』

朝食を終え、新聞を見て驚いた。

〝『冬桃がたり』味わって〟の見出しの活字が目に止まった。十一月末のこの時期に季節外れの桃が、総社で栽培に成功し、デパートに初出荷したとあった。

夏の果物、岡山名産の桃が今、完熟期を迎えるとは……。

冬に加温して促成栽培するマスカットやイチゴは常態化しているが、桃の抑制栽培は初耳。しかも販売価格が一箱一・五キロ入り（六個）で一万九千四百四十円。一個、三千二百四十円になる……。

桃は完熟期なら、一個四百円も出せばいくらでもある。何も好きこのんで十二月に、最盛期の八倍もする夏の果物を欲しがる人の気が知れない！　と思ったが、珍し者好きには、受ける品かも知れない。一個一万円のメロンはお歳暮の定番品と聞く。メロン一個より、目先を変えて『白桃六個入り』が、近い将来に、お歳暮の定番品化するかもしれない。と思い直した。

岡山の白桃は、都会では超高級品なのだからと納得した。

それにしても、南国のバナナが岡山の地で栽培されたり、真夏の桃がお歳暮用品として栽培されたり……と、岡山の農家の方々のあくなき研さんと、努力には感心させられるが、高級品にはあまり縁のない私などは、日常的に頂ける普段の果物には改良を加えないで欲しい。

特に我が家の近くの沢田地区で生産される「沢田の柿」は甘くておいしい。私の好物の一品。どうか、沢田の柿はいつまでも廉価で頂けることを願っている勝手な私がここに居る。

鳥たちが居て

末《すえ》廣《ひろ》従《より》弌《かず》

師走が近づいたが、今年はまだ白南天の実が随分と残っている。そういえば、南天の実などが大好物の鵯（ひよ、ひよどり）の姿を最近ちょっと見かけない。例年通りであれば、年の明ける頃までには、鵯がすっかり食べ尽くしてしまうのだが……。ある年なぞは、南天の実を残そうとネットを張ったものの、よほど欲しかったものか、ネットにからまってバタバタしているのを逃がしてやったこともある。以後はネットを張るのはやめにした。いずれにせよそのうち、南天も丸坊主になることだろう。

鵯のこぼし去りぬる実のあかき　　蕪　村

我が家の周りは、住宅や駐車場が増えたとはいえ、まだ田園の風情が残っており、四季折々、色んな鳥たちが訪れる。徒然なるままに、その辺りのことにちょっと触れてみようと思う。ついでに『合本俳句歳時記』などを覗いて各一句を引いてみることにする。どうなりますことやら。

日頃最も馴染み深い鳥といえば、言うまでもなく雀（すずめ）である。早起きでいつも群れては何かとかしましい。畑を耕した後に、すかさず水浴びならぬ砂浴びとでもいえるような行動を取って、たちまち蟻地獄のような穴をいくつもこしらえたりする。そうかと思えば、燕の古巣を占領して燕を追い払い、子燕の誕生を楽しみに待ちわびている人間どもをがっかりさせたりもする。罪な鳥である。

雀の国の雀のミサにまぎれこむ　夏石　番矢

春には中天で雲雀（ひばり）がさえずる。麦畑がなくなって久しいが、その懐かしい声を聞かせてくれる。巣に帰る時は、急降下しても巣のすぐ側には降りて来ないで、用心して少し離れた所に降りる習性がある。

わが背丈以上は空や初雲雀　中村草田男

隣の田圃では鷺の類をよく目にする。青鷺（あおさぎ）は翼を広げ悠然と飛来して大振りの姿を見せ、孤高を保って立ち尽くしていることが多い。

夕風や水青鷺の脛をうつ　蕪　村

白鷺（しらさぎ）は田植の時季になると、水の入った田を耕すトラクターのすぐ後を何羽となくつきまとう。おそらく掘り返された所に餌が出て来るのであろう。

美しき距離白鷺が蝶に見ゆ　山口　誓子

今年はびっくりするような事があった。五月の半ば、家人が、田圃に雉が居る、というので、まさかと思いながら慌てて出てみると、まさしく雉である。中学生の頃だったか、真夏の暑い盛りに山間のプールまで山越えをして行った際に山中で見かけたことがある。それ以来だからおよそ六十年振りぐらいになろうか。デジカメで一枚撮り、暫く見守っていると突如として驚くべきスピードで走り出した。慌てて少しでも近寄ろうとした時にはすでに遅く、さっと空中に飛び立ってしまった。その広げた翼の大きいこと、深紅の顔、深緑色の羽根、長い尾、この世のものとも思われぬ美しさ、夢のような一瞬であった。

雉（雉子、きじ、きぎす）は、昭和二十二年、国鳥に選定されている。鳴き声は、妻を恋うる声として古来詩歌に歌われ、また、子を思う愛情の深い鳥とも言われている。

ちゝはゝのしきりにこひし雉の声　　　芭　蕉

夏の一日、さほど遠くない川の辺りまで足を伸ばせば、コバルトブルーが目に染みるような、美しい翡翠（かわせみ、ひすい）に出会える幸運に恵まれることもある。

翡翠の影こんくと溯り　　　川端　茅舎

秋ともなれば、長い尾を上下に振りながら、鵙（もず）がキーッ、キーッと鋭い声で鳴く。近くの小枝には、蛙などが刺してあることがある。いわゆる「鵙の贄」である。

かなしめば鵙金色の日を負い来　　　加藤　楸邨

烏（鴉、からす）は、雀と並んで早起きであり、大抵は二羽一緒のことが多い。大型の鳥であるせいか、電線には止まらず、電柱の高い所でやかましく鳴く。

ふつう烏は不吉な鳥であるかのような印象を与えるが、元日の烏は神鳥として愛でられ、めでたいものとされている。

二羽たちて三羽となりぬ初烏　　　鷹羽　狩行

さて、来るべき初春は、初烏の声を聞いて迎えることとしようか。

「ヒラの守」

鈴《すず》木《き》　裕《ゆたか》

「うちの家はただの鈴木と違うんじゃ、うちは鈴木ヒラの守の末裔なんじゃ！」

十数年前に亡くなった父は大酒飲みで、酔いが回るといつも決まってこの「鈴木ヒラの守」という、うちのご先祖様の自慢話をしては、まるで我が事のように得意げにふんぞり返っていました。

子供のころの私はなんとなく「ふーん」と聞いていましたが、最近になって古文書や昔の文献に目を通すようになってから、この「ヒラの守」というのが妙に気になるようになりました。

昔の文献に人名で「〇〇守」とあるときには、「〇〇」の部分には常に昔の国の名前が入ることになっています。昔の国名に「ヒラ」だなんてところはありませんから、何かが間違っているはずです。

ここでうちの父は、「腕立て伏せ」を「フデタテフセ」、「希少価値」を「ケショウカチ」のように、しばしばものの名前を間違って覚えていたのを思い出しました。「ヒラの守」というのも多分、何か他の言葉を間違って覚えて、そのまま思い込んでいたのでしょう。

そして、「ヒラ」と発音が似ている言葉を探してみると、「飛騨（ひだ）」なんかよく似ています。これではないか、と思い、パソコンで「鈴木飛騨守」と入力して検索をかけてみると、なんと一発でページが出てきました。

鈴木飛騨守重幸。戦国時代の雑賀衆の一員にして、智勇兼備の武将。本願寺顕如に請われて本願寺の軍師となり、石山合戦で軍功があった、と書いてありました。

しかしこの文章の冒頭には「江戸時代ごろに作られた架空の人物」との但し書きが付いていました。

つまりうちの父は、誰かの与太話を真に受けて、「鈴木ヒラの守」の話を吹聴していたことになります。

ですが、うちの宗派は浄土真宗なので、うちの父は天国ではなくて「お浄土」にいるはずです。そして本願寺のため、浄土真宗のために戦った鈴木飛騨守も、浄土真宗の御本尊である阿弥陀様のお力を持ってすれば「お浄土」にお迎えすることはたやすいでしょう。現世にあるディズニーランドにでさえミッキーマウスがいるんですから、この世ではないお浄土に鈴木飛騨守が存在してもちっともおかしくありません。

今頃は父もお浄土で、鈴木飛騨守と一緒に酒を酌み交わしているかもしれません。

私はこの日の晩、父が生前好きだったアサヒスーパードライを買ってきて仏壇に供え、手を合わせました。もうすぐお彼岸、遠くで虫の音がかすかに聞こえました。

心に残っていることの一つ

蒼《そう》　わたる

傘寿という世界に辿り着いてそれまでに体験したことを思い出してみようと思った。一番最初に脳裏に浮かんだのは、高二で野球に誘われ、硬式は練習量からいって大学試験の準備は難しいと思い軟式の部に参加したことが浮かんだ。運よく国体へ行けたがやはり軟式でも練習量は遊びと違い、入試の準備での補習や自分での受験準備などでノイローゼになってしまった。勉強も集中できなくて母が心配して、親戚の茶道をしている人のところへ行って茶道の修行で精神を鍛えたらと言ってくれた。茶道で一番重要なことは、所作は言うまでもないが作法がすむまで正座をしっかり保つことであろう。江戸時代でも公私にかかわらず公的には正座であった。

今日の生活では勉強机、テーブル、椅子の食事、という正座とは無関係が主導である生活であるから日本の生活も様変わりである。

さて母に言われて茶道に行くことにした。普段からお会いしている方であったので緊張するということはなかったがこれからは茶道の先生と弟子という関係であり、それに茶道を習いに来ている多くの弟子もいることなので、やはりそこは緊張の度合いは単独の会合とは違う。正座をして両手を畳にしっかりと置き、額を畳に着くほどに下げ挨拶をする。最初のけいこは薄茶から始まった。その薄茶へ入る前に茶筅の動かし方、茶わんの拭き方、お湯の汲み方、これらを繰り返し続けて今度薄茶を立てれるようにしましょうということになった。家に帰るとすぐその日に習った仕草を繰り返し練習して、メモを見なくても諳んじて出来るようにした。次週になったらすぐに薄茶が始まった。茶杓の持ち方、茶筅の使い方、茶碗の持ち方、水の捨て方、一つ一つ、細かな注意をしてくれて、心地良く脳に収めることができた。一年が過ぎるころ、十三項目が終了できたのも、私の努力のみではなく、自由に指導者が支持してくれたからだと思う。その後茶通箱、唐物、台天目、逆勝手、棚もの、表千家での項目は全て指導に預かった。高校二年間で表千家の基本的なものが終了したことになった。この習得した知識を色々な道具で応用することである。それがこの指導者は道具の素晴らしいものを色々持っておられたのであった。終戦まで朝鮮のソウルで役人をしていて、勤務時代に長男を失い途方に暮れていたが、日本に帰るわけにもいかずもともと資産家の家に生まれていた夫人は京都から表千家の家元の宗匠を呼び寄せて茶道を習得することにしたのであった。いうまでもなく旦那の給料は茶道具と家元への費用に充てたという話であった。だから使用している茶碗をはじめ全ての道具には無駄なものは何一つなくこれで稽古をしていいのかなと思う場合が多々あった。高校を卒業するか一年留年するかという問題を結局は卒業して一年間体を休めようと決めた。つまり受験は一年先にという決意をした。その間は茶道に力を入れることにした。その時茶道の先生、つまり親戚の叔母から、来年には今度入門する人に指導をしてくださいと言われ、つまりは内弟子になったのである。茶道を人に教える、つまり茶道の指導者という大変な役目をすることになったということだ。一番苦労したのは年配の女性、それも小太りな人の場合は正座はともかくけいこの際に両足で立つことの不可能なことでそのため稽古には和服で来られることでもあった。立ち居振る舞いは本当に大事なものだと茶の基本で知らされた。稽古のご褒美というのでもないだろうが各流派の招待へ行くことができたのは色色な流儀における相違を体で理解できたことである。私が一番人生の重要なことを感じさせられたことはいつもの茶の稽古が終わって師匠と私、の二人きりになった時のことである。

「貴方は宗家に行く気はありませんか」と。

突然のことで心中に閉じ込めてじっくりと考えた。さらに師匠はこう言った。

「貴方のお母さんは反対するでしょうね」

この二つの発言を受け取って帰宅した。

今もってこの課題はどうなったのであろうかと思っている。一つは私の発言がないということ、もう一つは母と師匠との会話があったのかどうかということであるが、最終的には私の意思の表明がないということなので責任は私にあるのだろう。

第六章

新車を買う

髙《たか》尾《お》通《みち》興《おき》

新車を買った。といっても自転車だ。これまでに何度か買い換えようとした。だが、二十年以上も乗っていると強い愛着があり、踏ん切りがつかないでいた。

そんなある日の午後四時頃。自転車で家庭菜園から帰る途中のことである。新道の広い歩行者、自転車専用道を走行していた。すると一台のパトカーが私の前方で停車した。警察官が飛び降り足早に近づいて来る。

「すみません、ご主人」と自転車を遮るように立つ。

やや動揺し、数分前までの記憶をさかのぼる。携帯電話は使っていない。交差点は信号を守った。まだお酒は飲んでいない。余裕が出て来る。

「何でしょうか?」

眉をしかめ迷惑そうにするが、声は上ずっている。警察官は、

「お急ぎのところすみません。警戒パトロール中です」。頭を下げると自転車を見て、

「それにしても古い自転車ですねえ。ご主人のですか?」。ニコニコ顔で話すが、目は私の表情

を窺っている。

（誰にものを言よんなら！　ボロで悪かったのお）心の中で怒鳴る。それでも、

「はあ、私のです。もう二十年は乗っとりますから……」と精一杯の愛想笑いを浮かべ、防犯登録を指さす。

「一応、決まりなんで」。警察官は私の名を尋ね、持っていた小さなタブレットに登録番号を入力し始めた。

三十代半ばであろうか。すらりとした長身で温厚そうな顔つきをしている。入力に集中しており、話しかけても空返事ばかり。その様子に通行中の車から好奇の視線が向けられた。嫌なものである。羞恥にかられ、田んぼの方を見つめる。

警察官は確認を終えると顔を上げ、

「どうもすみませんでした。何分、仕事ですから。お気をつけて」

パトカーは去って行った。

残った私は自分の服装を見た。衣服は土で汚れ、シャツはズボンからはみ出している。自転車の前かごには、ペットボトルとクシャクシャになったタオル。不審者と判断されても仕方がない。汚れていても、身なりはきちんとしておくべきなのだろう。

下校中の小学生たちが、スズメのようにお喋りしながら通り過ぎる。何年生か知らないが、天真爛漫な姿がまぶしい。警察官は、この子たちを守るためパトロールしているのだ。心強いことである。

「こんにちは」

突然、高学年の男子があいさつをした。瞬間、私は声が出なかった。全く予想していなかったうえ、会話をすると第三者から変質者と誤認されるおそれがあったからだ。それでも、「こんにちは」と返しておいた。子どもの心を傷つける訳にはいかない。

帰宅して妻に話すと、近くの小学校で三人の不審者情報を聞いたという。一人は自動車でうろうろする若者。もう一人は歩行者で、小学生が声をかけられたそうだ。そして、あと一人は、「ボロの自転車に乗った、不審な動きをする薄汚い格好のおじいさんで……」

そこまで話すと口を閉ざす。そして、まじまじと私の顔を見ると大笑いした。

「まさか！　あなた?」と、涙を流しながら笑い続ける。

冗談ではない。もしかすると本当に自分のことかも分からない。だが、私は善良で小心な一老人。おそらく他の人のことに尾ひれがついて、このような情報が寄せられたのであろう。

「いい加減に自転車を買う?」。　妻の言葉に反論できなかった。

下校時間になったようだ。ボランティアの見守り隊やパトロールカーが巡回している。小学生たちは無事に下校できるだろう。

その横を老人が乗った新車の自転車がさっそうと走り抜けた。

おはかそうじ

高《たか》橋《はし》洋《よう》子《こ》

義母の一周忌を前に、掃除のために主人と久しぶりに訪れた墓地で最初に目に入ってきたのは、山のような黄土色の落葉だった。

春、お盆、秋、年末と年に四回、父母と一緒にお墓参りをしていた時期もあったが、江戸時代まで遡る先祖の墓石に刻まれた文字には興味を持つことはなかった。

分厚く積もった落葉を二人がかりで片付けるだけでも一時間半はかかっただろうか。

足下にはフカフカしたクッションのような苔が広がり、頭上に広がる木から落ちたドングリが赤い根を地面を刺すように伸ばしているのが見えた。敷地の周囲を巡る石垣の隙間からは、シダ植物が鮮やかな緑色の葉を垂らしている。

最近関わった地域アートで、坂の上のお寺で汗をかきながら地面に作品を設置した時の感覚がふと蘇った。自分の身体そのものよりも、呼吸とか、肌で感じる湿度や、足裏に伝わる湿った石畳のぬめり。

手を休めると、地面に敷き詰められた石に日光が反射して煌めいているのに気がついた。風に吹かれた梢が立てる、ざわざわという音。時おり竹とんぼのように、くるくると回りながらクヌギの葉が落ちてくる。敷地の裏には真っ赤な南天の実が生り、黄緑色の斑が入ったアオキの葉は艶めいている。山の中腹から見上げる空は透明感のある薄い水色だ。

苔の匂いを感じながら作業をしていると、頭の中はからっぽになってゆく。途中、主人が忘れ物を取りに帰る間、二十分間以上一人で掃除をしていたが、不思議と心細さは感じなかった。

場を清めたあと祈りを捧げ、石に刻まれた文字を読んでみると、今まで分からなかった文章の意味が見えてきた。

そういえば主人の家系は代々名主の家系だったとか、と、泥だらけの軍手をはずしながら想った。

犬を招《よ》んだ猫

竹《たけ》内《うち》李《り》花《か》

　師走に入ると、世の中は申し合わせたように忙しくなる。そうでなくともカレンダーより遅れ気味に生きている私は、年の瀬ともなると積み残した荷物を抱えて四苦八苦しているのが常だ。

　今年もまだやらなければならないことは山ほど。その一つに年賀状がある。

「年賀状は元旦に届かなければ意味がない」と十五年前に他界した夫はよく言っていたけれど、ここ数年だけを考えても、年賀状が元旦に着くように準備できたことは数えるほどしかない。

　それでも年賀状は書く。近ごろは私なりにパソコンを使って写真入りのものを作るようになったが、時間がかかるばかりで思うようなものは出来ない。

　来年の干支は戌《いぬ》。戌となると、俄然気合が入る。

　亡夫は戌年で、大の犬好き。家族ぐるみで犬が好きだったので、我が家でも七、八年前まではずっと犬を飼っていた。したがって犬の写真はふんだんにある。しかし、犬との思い出は、晩年の夫の闘病と繋がる。加えて、辛い気持ちを和らげてくれた母子三匹の犬たちが相次いで十歳前後で死んだこともあり、気が重い。

来年の干支のモデルになるような犬はいないだろうか。そうだ。あまり悩む間もなく、和室にある飾り棚のガラスの扉を開くと、白い焼き物の犬を掌に取った。十年前に親友のY子と奥飛騨の平湯温泉に久々に一泊旅行をし、帰りに立ち寄った高山の骨董屋で手に入れたものである。

たれた耳と、背中、腰のあたりに黒と茶のブチ、首紐のあたりに、青、朱、黄、緑と筆で撫でたように彩色してある。頭でっかちで、顎の下がたるんでいるので、お座りをしているのか、伏せをしているのか、よくわからないが、遠くをじっと見つめているそのとぼけた表情が愛らしい。ひっくり返してお腹を見ると、おそらく最初の持ち主が書いたのだろう、大正元年十一月とある。それとは別に、名前だろうか、鮮明にシロとも書かれている。眺めているうちに、十年前に高山でシロを見つけた時のことを思い出した。


「ねえ、犬があるわよ、中に来て」

店の表で瀬戸の壺を眺めていた私に、Y子が中から声をかける。五十年来のつきあいで私の趣味をよく知っているとは言え、人の買い物にまで……と思いつつも中に入ると、この犬がいた。一目惚れとまではいかないが、この機会を逃したら、あまり出会うこともなさそうだ。旅の思い出に買うことにした。値段を見ると、思ったより高い。店主に「もう少し安くなりませんか」と聞くと、あっさりと二割引いてくれた。しかも、クレジットカード払いなのに。

後日Y子から聞いた話だが、店主は品物を包むときに一言「お前、行っちゃうのか」と呟いていたそうである。

家に帰って驚いた。買ってきた犬をどこに置こうかと、ふと八畳の飾り棚に目をやると、下の段の片隅に、似たような猫の置物が蹲っているではないか。

体をまるめ、眠っている猫。同じ掌《てのひら》サイズ、白の体に同じ色合いの彩色。

こんな猫が家に居たのだ。夫が東京でずっと以前に買った物なのですっかり忘れていた。そう言えば、犬派の夫が猫を買うなんて珍しい、と思った覚えがある。

よく見ると、猫の肩のあたりと耳に三ミリほどの穴が開いている。連れ帰った犬を見なおすと、こちらにも口と項《うなじ》に同様の穴が開いている。ということは、どちらも水滴のようだ。

私は台所の洗い桶で犬と猫を丁寧に洗い、飾り棚の中段の真ん中に、二匹を並べて置いた。

あれから十年、犬のシロは飾り棚からあまり引っぱりだされることもなく、我が家の番犬としてひたすら前方を見つめてきた。

平成三十年戊年を迎えるにあたり、シロを年賀状のモデルとしてデビューさせることにしよう。

その隣には、夫の形見でもあり、シロを高山から招《よ》んでくれた夢見る猫も隣りに添えることにした。

島バッタの冒険

田《た》邊《なべ》亜実里《あみり》

　島巡りをしようと、ふらっと立ち寄った真鍋島からの帰り、船内で座席を探していると、野球帽をかぶった男の子が話しかけてきた。「……あの」「？」「あの」「え？」何度か聞き返したあと、エンジン音に紛れてようやく彼の声が届いた。「あの！　頭にバッタがいます」

　島は夏の盛りで、日差しは強く、確実に陸《おか》より温度が高かった。島はいいよ〜、という口コミに誘われやってきたものの、暑さに弱い私には効果激減、リフレッシュにはほど遠い土地柄であった。通りに一歩出たとたん、海岸を真っ直ぐに伸びる堤防の白さに、思わずくらくらした。（まるで南国のようだ）心なしか植生も異なっているように思える。

　小学三年生のとき、担任の先生が真鍋島に転属になった。クラスのみんなに慕われるベテランの男の先生だった。「真鍋島」はそのときから未知の、いつか行きたいなあ、と思う島になった。——が、現実は旅愁に浸るどころか、来る季節を間違えたことを大いに悔んでいる。一年と半年経った頃、校庭で偶然先生と再会した。先生はラフな格好に、全身が浅黒く焼け、真黒いサングラスをかけていた。あまりの変わりように、ぽかんと口を開けたが、さもありなん。ここは、もともとそういうところだったのだ。

コンビニがない。カフェがない。ついでに日陰もない。出歩く人以上に猫を見かけた。だるそうに転がっている。船が来るまでまだ時間はたっぷりある。手持ちのお茶が尽きる前に山道に避難した。岩肌にフナムシが這っている。さすが海だなあ、と思った。しばらく歩くと、木陰の間から人っ子一人いない浜辺が目に入った。照り返しがあるはずなのに、海はどこかやわらかく、青々とまどろんでいるふうに見えた。島の日常は、陸《おか》とは違う。大半が山林のため、車の往来もなく、集落も山裾にあるばかり。（きっと先生はここの生活が肌に合ったんだろうな）なんだかほほえましい。（……私は無理だけどな）

海に背を向けると、急な坂道が続くようになった。と、何かが道を横切った。

バッタであった。正確には小柄なトノサマバッタである。

まさしくそのバッタであったかどうかは不明だが、そのとき発覚したのは、頭の上にバッタが乗って、ずっと私といっしょに旅をしていた、ということだ。男の子がそっと手を伸ばすが、バッタはぴょんと跳ね、今度は私の肩後ろに張りついた。Tシャツにしがみついて離れない。

男の子の手の中にバッタが移ったときには、もう出航する寸前だった。彼はバッタをどこに離したのだろうか。船着き場の縁だろうか。猫がたむろっていた祠の根元だろうか。それとも、路地を入った先の草むらだろうか。ぐあん、と音がして、船窓に飛沫がかかった。

ただ一つはっきりしているのは、あのバッタの、生涯随一の「海越え」のチャンスを、私がふいにしてしまったということだけだ。

白河丸炎上

谷《たに》本《もと》　晃《あきら》

「おーい、そこの半人前、お前が担当の白河丸が火事じゃ、走れぇー」

「ええっ」と仰天したぼくは、すぐさま全力疾走にかかった。一昨日ドック入りした白河丸は、先の大戦で、米軍の魚雷から逃れ抜いて生還した四千トンのオールドミス嬢だった。

大阪で万国博覧会が開催されていた一九七〇年の五月だった。二十二歳になったぼくは、ある造船所での研修を終え、修繕課の技師になっていた。当時の命令は群がる藪蚊以上で、全部消化するためには、こま鼠以上に動くしかなかった。「半人前」と呼ばれたのは、ヘルメットの青いラインが半周で切れているからであった。だからすれ違いざま、「へ、半人前が」と嘲笑され、ムカッとすることもあった。「走れぇー」と尻を叩いたのは、研修生時代の先生で、「わしは少年工から叩き上げた職長じゃ。みーんな、わしの爪の垢を舐めとる」が口癖だった。むろん彼だけではない。同様の「生き神様」たちが、各所で目を光らせている時代だった。

失火場所に着くと火は消えかけていて、班長が走り寄ってきた。その説明は、油脂を吸わせた大量のボロ布に溶接の火が飛び、あっという間に燃え上がったとのことであった。被害は無かったが、「きみ、あれには石綿製の防災シートを掛けておくのが規則だろう」と、半人前技師の痛いところを突いてきた。その後の「機関部の船員が見えんが？」の問いを、ぼくは黙殺した。

実は、長い航海を終えた船員たちは、修理箇所の説明を終わると、次々に帰郷し、残っているのはボーイ長ひとりであった。この件と火事の件を課長に報告すると、「いかんなぁー。十七歳のボーイ長ひとりに留守番をさせるなんて。きみ、今晩から泊り込んでくれたまえ」で済んだ。「はい」とぼくは応えたが、〈最後は弱者が責任を負う〉これが上下社会なのだな、と悟った。

さて、修理中の機関室ほど汚く危険な所はない。なにしろ主機関をはじめとして、油水系統のポンプ類すべてが解体されるからである。当然、船底には漏れ出た油水が大量に溜まり、表面には引火性の高い油が浮くことになる。その処理をこま鼠が失念していると、溶接工が平気で火花を散らしている。「危険です、止めて下さい」と、こま鼠のぼくが抗議するが、「棒でジャブジャブやるから大丈夫じゃ。なぁーに、いざとなったらＣＯ２噴射じゃ」と捨て台詞を吐いて、そっぽを向く。ＣＯ２とは「炭酸ガス大量放出装置」の略で、一瞬で鎮火させる威力を持っているが、人員も昇天させてしまう。憤慨したぼくは、装置の鍵を内ポケットに隠してしまった。

そのうち昼になった。食堂に行きかけて引き返すと、張り番がいない。階段をつたって最深部まで降りると、焦げ臭いにおいがする。床板を持ち上げると、青い火が油面を這っている。溶接工が言っていた棒を探していると、急に火勢が増した。油温が引火点に達したのである。今なら消火器で消せると思うから「誰かぁー、誰かぁー」と叫ぶが、靴音ひとつしない。その後、十分間ほど奮闘したが、黒煙が噴き上げてきたので、「独りでは手に負えない」と階段を駆け上がった。その階に炭酸ガス消火弾の木箱があった。弾体はソフトボール大の薄いガラス球である。この一ダースを火元に投げつけたが効果はない。気落ちしたところに何かが弾け、眉毛が焦げた。慌てて階段を駆け上がったが、上階ほど油煙が充満していて息苦しくなってきた。

と、「おーい」と頭上で声がした。消防隊がやっと来たのだ。「おーい、泡消火ホースを下ろせー」と怒鳴ると、防護服を着た隊員がホースを持って降りてきた。だが、下は真っ暗である。様子を知らない彼らが右往左往したところで、消火液を無駄にするだけである。そう思ったぼくは、急いで防毒マスクを装着し、燃え盛る火炎に向け、消火ノズルの弁を全開にした。

「よう生きていてくれた。黒煙を見たときには、てっきりダメじゃ思うたが……」

「よう判断した。放水消火しとったら四五百万円の大損害じゃったぞ！」

部長も課長も心配して来てくれていたが、一番喜んでくれたのは、尻を叩いた先生だった。

翌日の朝、「社長がお呼びです」と、女子社員が呼びに来た。付いて行くと、部長が出てきて封筒と一枚の紙をひらひらさせた。笑ったその眼は、入らなくてもよい、と言っている。

「はは、覚悟して来たのに気が抜けたか。うん、この封筒は社長から、これはわしからじゃ」

部長はそう言って二者を手渡すと、さっさと社長室に戻った。狐に騙されたような気持ちで紙面を読むと、《辞令、白河丸の出港後、五日間の長崎出張を命ず》とある。そして封筒には、万円札が十枚入っていた。おそるおそる課長に打ち明けると「遊んで来い」と、メモ書きした。

結局、わが身は眉毛が焦げただけであったが、もし、CO2を起動されていたなら、新聞の片隅に「死者一名……」と載っていたのは確かである。

神様は見ている

寺《てら》本《もと》紘《こう》子《こ》

雑多なメモをしている手帳をぱらぱらとめくっていてふと目が止まった箇所が有った。そこには、「お金は人との交わりのために使いなさい」と記されていた。それがどこに書かれていてどの本から抜いてメモをしたのか全く思い出せない。心に残ったからメモをしたに違いない

この言葉に合い通じるものをずっとずっと前、否小学生の頃から記憶していることがあった。実家から四百メートルばかりの所にこじんまりしたお店が出来た。道路と川を橋で繋いだ向こう岸にその店は建った。店のある方が大分土地が低いので必然的に橋は坂になっていた。その頃には既に足が不自由で片方の膝は曲がらなかったので坂の橋は危ないと行かせて貰えなかった。しかし学校にも行き歩行の力が付いてきた頃から一人で行かせて貰えるようになった。

最初に行った時の店主のおばちゃんの言葉を今なお覚えている。

「あらぁ、嬢チャン一人で来なさったですかね？　よう来なさあましたねぇ。帰ぇ時には気い付けて帰ぇなはいよ」と送って下さった。その店主の方は戦争未亡人で二人のお子を苦労しなが

ら育てておられると後に知った。日用品で日日必要な物は大抵のものが揃っていた。お煎餅を百もんめ（匁）下さいと言うと斜めになったガラスの広口瓶の中に手を入れて紙の袋にわしづかみで入れ、計量器（棹ばかり）で計って渡してくださった。時時の買い物を私が行くようになった。低学年の頃は飴を貰っては帰り、母に見てもらってから頂いた。ある時から飴がマッチに代わった。私を子供扱いにせず大きくなった証のようでくすぐったさが残った。それからは、何時行ってもマッチの小箱をおまけに渡して下さりお陰でマッチを買うことは無いくらいだったことを覚えている。大阪に就職して年数回の帰省の折りハッと気づいた。あら、橋の向こうの店が無い！

驚いて母に問うた。「庄司の店が無いがね、なして？」と。

母は、「あすこのおにいちゃんはね今は高校の先生になっちょってほんに親孝行されて店はたたんで他所に家を建ててあげられたげなよ。苦労して育てられた甲斐が有ったわね」と。

私はいたく感心してあぁやっぱり優しいおばちゃんだったし、本当に分け隔てなく、小さい子には飴を大人にはマッチと決めてサービスし愛想よく商売をされていたからちゃんと神様は見ておられたんだわと密かにおもった。今の時代と違いかまど、七輪、焚き火、お仏壇の蝋燭にいたるまで全てはマッチで火を点けたものだ。小箱マッチ一箱もみんな買わねば無い時代に来る人毎にサービスも大変だったとおもう。

決してそのお店の店主さんにあやかってる積りではないが私なりに決めていることが一つだけある。

それは、宅急便を初め、その他諸諸の集金、子ども会からのおつかいに来てくださった方たちにたった一本の缶入り飲み物を渡す。家庭に入ってからずっと続けている唯一のことだ。スーパーで安価で売られている日には夫が先に見つけてくれて「おい、今日は缶コーヒーが千円以下で売ってるでぇ、買うんかぁ」と尋ねる。

一人だけとっても元気な声のお兄さんがいて「てらもっさ〜ん！　宅急便で〜す」といわれると戸を閉めてる冬場でもその声に飛んで出る。てらもとさんと言われたことが無い。元気が貰えて良いわと返す、缶コーヒーと一緒に。

冒頭にも書いた「お金は人との交わりのために使いなさい」この言葉がたびたび頭を駆け巡る。思ってはいても人との交わりのためなどに使ってはいなく私欲ばかりが先行しているのは免れない。この言葉の本当の意味を知らず、言葉だけが歩いている。

孫の手術・祖母の決断

友《とも》直《なお》茂《しげ》子《こ》

4月、孫は1歳4カ月で保育園に入園した。しばらくすると、孫は風邪や感染症等で熱を出すことが多くなった。

熱のたびに中耳炎を繰り返した。かかりつけ医で両耳を切開したが、効果がない。9月上旬、両耳に溜まる膿をだすためにチューブを入れる手術を勧められ、大学病院を紹介された。

10月上旬に手術日が決まった。「2週間前から風邪などにかからないように。幼いので全身麻酔により肺などに副作用が出ることもある」と医師から忠告された。私は、気候のよい時期に風邪などひかないだろうと高を括っていた。手術の10日前に孫のもとに行った。

ところが、手術4日前の検査日の日、鼻水を出していたので中止。12月上旬に延期された。「2週間前に保育園でなんらかの感染症が出たら知らせてもらうように。潜伏期間があるので一人でもなったら必ず報告を」と医師は厳しい注文を告げた。

11月中旬から寒さが増し、風邪にかかる園児が増えることは予想される。私は自分の行動計画を全てキャンセルした。「お母さんは、腹をくくった。柚衣（孫）を手術の3週前から休園させ面倒をみる」と娘に宣言した。

平日の朝7時半から夕方8時頃まで、孫と生活を共にした。「風邪をひかせてはいけない」の思いがいつもあって、緊張感はあった。でも、2歳で動き盛り。晴れた平日の昼間、誰もいない近くの公園で遊ばせた。落ち葉を拾い「ひらひら、ひらひら」と言いながら散らしたり、花壇のパンジーに「あか、あか、あお、あお、きいろ、きいろ」と覚えたての言葉を繰り返したりして楽しんでいた。

その様子を眺めながら、我が子が2歳頃こんなにのんびりとした時間を共に過ごしただろうかと子育てを振り返っていた。

手術5日前、検査の日が来た。血液、CT、レントゲン検査等異常なし。手術の50％が終わった気がした。挿入する米粒大のチューブを見せてもらった。それでも医師は「これからの4日間、何かあったら電話を」と念を押した。以後、孫を外出禁止にした。

手術日を迎えた朝、70％まで漕ぎつけたと思った。

手術は医師を信頼するしかない。私の心配は全身麻酔にあった。孫が麻酔から覚め「アン、パン、マン」と大好きなキャラクターの名前を発した時、ひざの力が抜けるのを感じた。

術後のケアーを含め、4週間共に過ごした日々は、娘の2歳頃の思い出を持たない私は孫の後ろ姿に娘を重ねていた。

第七章

天涯の華

―金谷《かなたに》朱尾子《におこ》さん―

中《なか》桐《ぎり》美和子《みわこ》

五月のGWが過ぎた頃、童詩「名もないあなたへ」の挿し絵を考えていた。その昔、金谷　朱尾子さんから贈られた「雛」の色紙を取り出した。優しい男雛、女雛であった。
その矢先、金谷　哲朗氏から父子展の案内状が届いた。県立美術館の企画「岡山の美術」展示。金谷　哲朗氏は著名な造形作家。娘の金谷　朱尾子さんは、二十八歳で日展の特選になった新進気鋭の日本画家であった。

朱尾子さんとの初対面は、平成八年の秋深む頃であった。'97年県の詩画展出品の打ち合わせであった。朱尾子さんは白いカーディガンを羽織り、長髪でスリム、目じりのきりりとした美人であった。

高校時代は文学好きで『朝日文学』に詩や短歌を発表していたという。聞くところによると祖母の影響を受けていたようで『心の花』なども話題になった。京都の芸術大学で日本画を専攻したこと、岡山へ帰ってからは、高校、大学で教鞭をとりながら池田遙邨の青踏社に入っていたことも、とつとつと語った。あっという間の二時間であった。もの静かで寡黙だが好印象を受けた。

当時、私は夫をガンで失い、姑の介護に明け暮れていた。暗いトンネルの中にいるようでネガティブな詩を書いていた。

明けて平成九年二月五日、天神プラザ詩画展は始まった。私の詩〈帽子〉の上には、銀色の額縁の中に収まったピンクの〈薔薇〉が華やいでいた。平たいガラスの器に一輪。心に灯が点った。黒い帽子はピンクの〈薔薇〉に変身させてくれた。朱尾子さんの温情が身に沁みた。

詩画展のあと、私は〈薔薇〉を譲ってもらった。三面がガラス張りの姑の部屋へ飾った。明るい部屋がもっと明るくなった。その部屋で姑は百七歳まで過ごした。その後、実母も百四歳まで過ごした。深夜、様子を見に行った時も懐中電燈にくっきりと現われ、疲れた私を癒してくれた。

その年の五月、私は金谷邸へ招待された。

私は詩友二人を伴って訪問した。洋風の邸宅の応接間で熱いコーヒーを頂いた。

金谷氏は彫刻の話を熱く語り、氏の作品が市内の学校、公共施設など各所に設置されたことも付け加えられた。この父にしてこの娘ありをしみじみ実感した。歓談の途中、金谷氏が自分の作業場の宝の山を案内したいと言い出された。

作業場は近くの万成山に在った。万成山は砕石場で有名。切り石の壁は美しく、五月の空も風も爽やかでまず深呼吸。作業場の周辺には、資材が山積していた。制作中の物もあり、日頃のご苦労がしのばれた。周辺には山頂への広い道があり、人の訪れもあるようで最高の環境を実感した。

作業場の傍に祠があり、鳥居の辺りはきれいに除草されていた。

「ここらで昼食をとりましょう」

母親の麗子さんと朱尾子さんが場造りをし、皆な重箱の蓋をあけた。市内の有名な料亭から取り寄せ豪華で味も格別であった。

食後に哲朗氏が麦藁帽子を被り、手拭を首に巻いて、傍のピアノの蓋をあけた。「何？　何？」哲朗氏は、立ったままバッハの曲を奏かれた。これは驚きであった。

朱尾子さんは黒いペプラムの広い帽子を被り、黒地に紅い小花のスーツを着ていた。その日写した写真は、二十年経た今も彩やかで美しい。

その後も朱尾子さんは、内孫の雛祭りに、雛の色紙を送ってくれた。淡い色彩は極上であった。

その後、私は姑の介護に明け暮れた。街へ出かけることも、人に会うことも稀であった。

朱尾子さんは四十四歳で発病し、東京の慶応義塾大学附属病院へ入院したと風の便りで聞いた。訃報が届いたのは、平成十六年十月六日。七年間の闘病生活だったという。五十一歳の若さ、御両親の心痛を思うと声を届けることができなかった。

朱尾子さんの真価を知ったのは、平成二十年十月、笠岡竹喬美術館で開かれた〈彩艶金谷朱尾子うつろう心〉特別展であった。画業を網羅した百二十点は圧巻であった。女性の情念の鮮烈さに感動した。手中にした〈薔薇〉を通して朱尾子さんに執着していたが、全館を埋めつくした観客に圧倒された。大作の前では人は動かず、溜息が聞こえてきた。

二十三歳で日展に入選したのは目から鱗であった。初期の作品の燃え上がるような紅は、朱尾子さんの青春であり、熱情のほとばしりがじんじんと伝わってきた。なかでも二十八歳で日展特選の〈塔と人とうつろいと〉の大作は、三人の女性の物語が届くようであった。豊かな想像力の権化、まさに命懸けの作品と思われた。肌の色に施したクマも彼女特有の表現と思われた。〈想変相図〉〈赤い服〉などの迫力〈ある流離〉の三点などの女性《にょしょう》の魑魅魍魎のすさまじさなども生涯忘れられない作品群であった。

一人っ子の朱尾子さんは家族の愛を一身に受けてすっくと育ってきた。父の背を追うように一途に画業に命を懸けた。若く、しかも地方からの日展特選となれば、多くのしがらみに悩み苦しんだことは推察できる。しかし、いろいろな事情から、心が折れることもなく一人立ちしたことは賞賛に価いする。

闘病の間に描かれたデッサンや青いくまの多い作品に心は震えたが、最後まで己の道を貫き通した画業は、これからも顕彰していきたいと思う。あの瑞々しい透明感は他の追従を許さないと思う。

臨終のとき、「ベッドを起こして、形よくね」と母に語りかけたと言う。芸術家の魂である。

一人っ子の朱尾子さんは味噌汁や卵焼きが上手で、家族を喜ばせたという。健康であった時のエプロン姿が彷彿とする。伯母のピアノを聴いたり、父の芸術談議に熱中したりして至福の時を過ごした朱尾子さんに目を細めている私。六十六億分の一の確率であなたに出逢えたことに心から感謝している。

金谷朱尾子天才女流画家は、不滅の光。今も出会った時のままである。天涯の華である。

自然災害の脅威

中野孝子《なかのたかこ》

七月上旬九州北部を豪雨が襲った。植林された山の杉の木を根こそぎ倒し麓の地区を土砂とともに飲み込んでいた。倒木と濁流に飲まれ、一瞬にして川は氾濫、道は寸断され橋は流されて、孤立した地区があちらこちらにできる。日を追うごとに死者が判明して三五名になったとか。まだ行方不明者も何人かいる現状である。命は助かっても帰る家もなく不便な避難場所で過ごしている人は突然の出来事に翻弄されている。

今も新潟、秋田などで集中豪雨の被害は続いている。

テレビで集中豪雨のニュースを見る度に胸が痛む。

今から七十数年以上も前のことであるが、平素は忘れていても私が幼稚園の頃、家の前の吉井川の堤防が決壊して、家が流された時のことが思い出される。

それは昭和二〇年九月だったが、前日から降り続いたはげしい雨、夜中に父が大声で、「皆起きろ！　前の土手が切れるから、山へ逃げるんじゃゃ！」と叫んだ、私は母に手を引かれて事の重大さを理解しないまま、山の方へ逃げた。やがて夜が白みかけると決壊した土手から濁流と白波がまるで白い馬がたてがみを立て何十頭となく、襲いかかるように我が家に向かいぶつかっていったのがみえる。納屋は崩れ、本屋が次第にめらめらと裂きちぎれ流されていった。

五軒ほどの集落であるが、隣家とは間隔があるので決壊した土手の正面は我が家で、周囲の家は泥は被ったが流されなかった。我が家の二階や納屋には、空襲を恐れた京都や神戸に住む父や母の親戚の宝物の疎開先であった。住む家のない私たちは、本家の二階に住まわせてもらった。半年ぐらい居たであろうか、それ以上だったかもしれない。我が家の跡地は池になり蒲が群生していた。そこをうめたて整地して新築した。終戦後で兄は戦地から帰り、女学生の姉もいたので家族は五人揃っていた。我が家も含めて全員無事は救いであった。以後幼稚園には通った記憶がない。

終戦後で国は貧しく何の援助もなく、食糧と言えば畑に残っていたさつま芋と南京ばかりであった。着の身着のままで逃げたあの時のことを母は後に話していた。

「あの時は仏壇のお位牌だけを風呂敷に包んで孝子の手を引いて水が流れ出している中を歩いて逃げた」と言っていた。

子どもだった私にも、我が家の貧しさだけは理解していた。当時は、親戚や母の知人から貰ったお古ばかりを着せられて新しい物など着たことがなかったから。今思えば親はどうやって家を建てたのであろうか、お金はどうしていたのであろうか……。当時の親の苦労が偲ばれる。

冬ミ病記（帯状疱疹後神経痛と闘う）

行《なめ》木《き》義《よし》夫《お》

平成二十八年十二月十三日朝のこと、人指し指で左頬に触れると、耳たぶの少し下方に一円玉ほどの異様なものがあるのに気付いた。耳の下方、やや後ろ側なので鏡では見えにくい。家内に見てもらう。

「お父さん、これは皮膚科だわ」

近くに皮膚科医院があるので開院時間を見計らって出かけた。

「帯状疱疹」と診断され、「帯状疱疹・こんな病気」と書かれた冊子を渡された。最終頁の余白に「口の動きに注意」と医師の直筆の注意書きがあった。後を追って神経痛も出てくるらしい。

初日は飲み薬を、三日目に、「発疹箇所に塗ってください」と抗生物質入りの軟膏も処方された。

日が経つにつれ発疹範囲が広くなってきた。左後頭部から、左顎下まで強い痛みが出てきた。顔面神経痛の様相である。

冊子の最終ページに書かれてあったように、食事の時に口が思うように開いてくれない。痛みのほうが強く出ているので空腹感はまったくない。

『ふさがった口が開かない』と形容した方がよいような具合である。しかし、上唇と下唇の間に約一センチほどの隙間ができる。これならばと、グラスの縁を下唇に当てる。傾けるとグラスに入っている〝噛まなくても消化できる流動食（アルコール類）〟が自然に入ってくれる。カロリーの補給はこれで十分である。—ああ、神は我を見捨てず—

暮れも押し迫った二十八日、散髪屋へ行った。椅子に座り、正面の大鏡を見て仰天した。「あんた、どこのおっさん！」と言いそうになった。自分とは似ても似つかぬ顔、一遍に一回り十歳くらい歳とったおっさんが大鏡の中にいる。

後で聞いたことだが、暮れに訪ねてきた義弟が家内に、「兄貴、一遍に歳とったなあ」と言ったらしい。自分でも驚くほどなので他からみたら当然の反応であろう。

明けて一月十三日、一カ月経っても一向に良くならない。痛み止めの薬は処方してもらっているがあまり効かず、痛みは増すばかりである。

一月二十六日、『痛み』を訴えると、少し強めの「痛み止め」を処方してくれた。医師に尋ねた。

「痛みはどれくらい続きますか」

「個人差はありますが、二ヵ月から長い人で三ヵ月くらいです」

まだしばらく性悪な魔女と生活しなくてはならないかと思うといささか気が重い。

立ち上がった時の足元のふらつき、頭がわずかに左右に触れる。右足を出すと右に、左足を出すと左に、メトロノームが散歩しているようである。用心のため皮膚科通院時から車の運転は控えている。

自室でコタツに入りテレビを見ていると三歳の孫娘がやってくる。背中を私の方へ向けて膝に座る。首を傾け、私の顔を上げ、

「じいじ、どこが痛いん？」

心配そうな顔つきである。左の手の平を頬に当て、

「ここが痛いんじゃ」

テレビのある正面を向き、左手のこぶしを握り突き出しながら、

「痛いの、痛いの飛んでけー」と、水平方向に肩の位置まで回し、正面に戻す。頭を撫でてやりながら、

「ひま（陽茉琉）、ありがとう。おまじないしてくれたので良くなってくるよ」

八時半近くなると幼稚園に行く孫息子が制服を着てひょこっと顔を見せにくる。

「らん（嵐丸）くん、行ってらっしゃい」

ママ（嫁）が園まで送り、そのまま仕事に向かう。帰りは婆（家内）が迎えに行く。

帯状疱疹は、疲労とストレスが原因と言われている。サンデー毎日のお気楽の身、さして疲労するとは考えにくい。終日顔をつき合わせている家内の小言騒音がストレスとなって帯状疱疹の原因になっていそうな気がしないでもない。ひょっとしてエンドレスで続くのだろうか、いささか心配ではある。

あしのきおく

西《にし》　規《のり》雄《お》

初挑戦でおかやまマラソンを完走。

この挑戦は、こども園の父親保護者会メンバーの「健康のためマラソンをしよう」という言葉から始まった。子育てに奮闘する父親らしく、家庭に支障がない日曜日の六時からランニングをする『日六会』と名付けられた。参加する気は無かったが、思いもよらず禁煙成功し走れると勘違いした。筋力・体力的に不安だった初の十キロランニングは、早歩きほどの八分三十秒／キロのペースで巧みに走破させられ、有頂天に毎週参加の定期券を掴まされてしまった。

何回かランニングに参加した頃、おかやまマラソンに応募する話が出た。私としては、運動不足解消に週一回のランニング程度で丁度良く、マラソンとなると体に負担が大きいので「半分近くは落選する」という言葉を信じて応募した。岡山県民優先枠の抽選でめでたく落選、糠喜びを味わった後、一般枠での復活当選し完全に逃げ場を失った。

十一月のおかやまマラソン前の足試しとして、九月のぶどうの里ふれあいマラソンを走る事となった。高低差百五十メートルの起伏にとんだ二十キロの難関コースで、完走出来ればおかやまマラソンは大丈夫と聞いていた。六分／キロの二時間での走破を目指した。スタート直後の長い下り坂を三分／キロで猛烈ダッシュし、僅か三キロで走れなくなり体力回復に歩いてしまう最悪の幕開けとなった。そこからは沿道からの絶え間ない応援や、地元農家さん提供のぶどうを推進力に変えて、起伏のとんだコースを十七キロまで走る事ができた。

何とかこのペースで走れれば二時間が見えてきた時、両足がピックと引き攣り悲鳴をあげた。ガードレールに何分も這いつくばって足を伸ばし、何とか痙攣が取れたがそこからの残り三キロ。普段は訳のない距離だが、この三キロは途方もない距離で、時々引きつる両足をだましながらゴールにたどり着いた。初マラソンの気負いからのスタートダッシュが最後まで響く結果となり、二時間十二分でゴールとなった。微妙な達成感と課題を手に入れた。

そこから本番に向け計画的にトレーニングを重ねた。仲間から色々な助言を貰い、ネットで様々なサイトを閲覧した。三週間前には、二十キロを二時間弱で走れるほど仕上がった。一週間前より硬水を一日一・五リットル摂取し細胞レベルまで水分を溜め込み、三日前からは炭水化物ばかりの食事に切り替えエネルギーも溜め込んだ。

初フルマラソンの目標タイムは、六分三十秒／キロの四時間三十分に設定した。スタートは八時四十五分、五時に起きて三時間前に食事を済ませる。風邪でも無いのに経口保水液を飲み、ウエストポーチには大量のアミノ酸ゼリーと塩やブドウ糖タブレット、更にこむらがえり対策のコムレケアと痛み対策にロキソニンを忍ばせる。万全の準備でスタートラインに着いた。

一万五千人のマラソン前の異様なテンションの中、その時を焦らすかのように政治家達の挨拶を聞かされる。カウントダウンからのスタート、歓声と歓喜の集団が猛然と歩み始める。芋洗い状態で動きだし、スタートラインに到達する頃には五分が経過し、その後も五キロほどは自分のペースでは走れない程の群衆だ。自分のペースで走り始めたが束の間、スタート前に何回も絞り出したはずの膀胱がトイレへ促す容量オーバーを警告する。コンビニに駆け込み最小限のタイムロスに抑えながら、何とか二十キロを目標よりやや遅い二時間二十分で折り返す。三十キロ地点で両足が悲鳴を上げ、慌ててコムレケアを飲み干しストレッチを施す。難関の岡南大橋は無理せず歩いて渡り、足の有事に目標タイムを五時間以内に妥協し、残り十キロとなった。

五時間以内を目指して、最大の給食ポイントであるご当地ラーメンにも目も呉れず、ひたすら先を急いだ。痙攣は酷さを増し、コムレケアの効果を確認するまでも無く、ほぼ走れない状態となった。給水ポイントのキンキンに冷えた水を足にぶちまけて、麻痺させて走ると、効果が切れて歩くを繰り返しながら、旭川に沿って後楽園を目指す。フルマラソンの苦行を味わいながらも、何とか目標タイムを達成出来そうなペースで、四十キロ付近に到着した時だった。キンキンに冷えた水をかけ続け、お腹を冷やしてしまい、腹の中から雷鳴が轟く。ゴール直前にして、十分間もトイレに引きこもる羽目となり目標達成ならず。完走タイムは五時間十七分、ラーメンを食べれば良かったと悔やむ。

足は走った距離を覚えている。それまで快調に走っていたにも関わらず、突然足が動かなくなる。記憶のない距離で、足が自己防衛を始める。

今年もおかやまマラソンに応募する。あしのきおくを確かめるために。

鰯の頭

長谷川《はせがわ》 和《かず》 美《み》

飲食店の前でよく見かける狸の置物は、「たぬき＝他を抜く」で、商売繁盛のゲン担ぎだそうだ。商売をしていない主人の実家の庭にも信楽焼の狸が一体いるが、こちらは狸の傘で災いを避けるなど縁起がいいものだから置いてある。ゲン担ぎには、聞けば納得できる意味がある。

宝塚の「宙組」は「空組」としようとしたが、劇場が「空」ではいけないことから「宙」と書いて「そらぐみ」と読むエピソードは有名だ。寄席の文字も太い字でいっぱいに書くことで空きが無いようにとのゲン担ぎだそうだ。

言わずもがな、ゲン担ぎや迷信を信じてしまう質である。

数年前にデパートの浅草展で買った「小槌」を大切にかばんに入れている。「ひねもす」という店の縁起物だ。金色の小さな小槌の中に縁起のいいものが10種類も入っている。恵比寿様、大黒様、ひょうたんが6個、カエル、サイコロ、小判、南天の実、破魔矢、ダルマ、そして狸だ。

職人さんの巧妙な口上に乗せられてつい買ってしまったが、このときの狸の説明も「他を抜く」と言われていた。持って数年経つが、他を抜いた実感はまだない。

この質ゆえに、根拠は分からないが、言われるままに信じて実行していることがいくつかある。例えば、夜中に爪を切らないことと口笛を吹かないことだ。「夜中に爪を切ると親の死に目にあえない」といわれているが、いったい言い出した人は誰だろうかと疑問に思う。忙しくしていれば爪を切るタイミングなどたいてい夜になる。そこで切ってはならぬと言われてしまうと、もう爪はアイアイの中指のようになってしまうだろう。しかし切らない方がいいのならば、切らないことを選ぶのが私だ。口笛の方は、吹けと言われても上手く吹けないので特に問題はないが、逆に夜に口笛を吹いて歩いている人を見ると、憐れみのまなざしで見てしまう。「あなたには、蛇（＝邪）が寄ってくるのだ」と。

他にもある。高校の時、何かの古典の本で読んだのだが、家を出る時は左足からで、家に入る時は右足からということだ。これは左足が「貧」につながる「ひ」の文字で、右足が「福」ということだからだと記憶している。いちいち「貧」「福」「貧」「福」と言いながら歩くことはないが、家に入る時はなぜか「右足」になっている。同じ本に、禁忌とする方角を避けいったん別の方角へ移動し、後に行きたい場所へ移動する「方違え」についても書いてあったが、こちらは取り入れる気にはなれない面倒くささがあった。物理的にできないことは、仕方ない。

星座占い、血液型占い、干支占い、六星占術、高島易断など、見かければ読んでしまう。動物占いにもはまった。動物占いでは、私は「黒ひょう」で、新しいものが好きで「新発売」となると買ってしまうと書いてあった。「当たっている」と思った瞬間から、動物占い師になって、いろいろな人を占って差し上げた。そう、占い好きは転じて占い師になる、の法則だ。どの占いも、ラッキーアイテムやラッキー数字などをあれこれ指定してくる。その日のメニューやパーソンの時もある。パーソンについても「最近転職した人」などと妙に具体的に書いてあるので、これにより、また信じてしまう。最近はなるべく読まないようにしていた。何しろ良い事だけ信じて、悪いことは信じなくていいという取捨選択ができないからだ。しかし、思わぬ所に伏兵がいた。それは、テレビのカウントダウン占いだった。出勤のタイミングで見てしまうことが多く、そのランキングで一喜一憂のスタートを切っている。

それにしても、どうしてこんなにも信じてしまうのかだ。答えは「占い」の中にあった。それは「手相占い」だ。はじめに、この相に気づいたのは高校の時だった。「ノストラダムスの大予言」が流行っていた頃だった。この話を素通りできない私は、当時、１９９９年に地球が滅亡するのではないかということに対し半信半疑だった。宗教に興味がなくても天から何かが降ってくるとなると一大事だ。隕石なのか核なのか話題になっていた。同じように占いや予言に興味があった同級生の一人が私の手を見て「十字がある」と言ったのだ。その時は、それは何だと思うだけで特に気にもしていなかった。しかし、最近読んだ手相占いに手のひらの十字について書いてあるのを見たのだ。「この『神秘十字線』を持つ人の特徴は非常に信仰心のある人か、神秘的なことに強い興味と関心を持つ人です。スピリチュアルな話や占い、ヒーリング、夢、想念等々、目に見えない世界や現象にも理解があります」とあった。なるほど、だからなのかと納得できた。

鰯の頭を信じる人がいるとしたら、私なのかもしれない。

同時進行

花《はな》川《かわ》洋《よう》子《こ》

若いころは何かに夢中になると、他のことは目に入らなかった。今、このことに全力を注がなければ、きっと後悔する、と思った。それは受験勉強であったり、クラブ活動であったりした。安保反対のデモに参加することであったりもした。が、一つのことが終わってみれば、充実感よりも、自分の小ささ、軽薄さを思い知ることになり、虚しさに沈み込むことも多かった。

一緒に行動していると思っていた友人は同時に語学を身につけたり、多くの読書をしたり、体を鍛えたり、旅をしたり、自分よりはずっと世界を広げていた。

七十歳を超えた今、時には荒れ狂っても清らかに流れていく小川のありがたさを思う。テレビの映像でしか見ることができない、アラスカの氷原の美しさを想う。私が見ていてもいなくても広がっている世界がある。

「井原語りの会の十周年記念のつどい」が終わった。この時期には珍しく暑くも寒くもなく、気持ちの良い秋晴れで、開演の十分前には用意した椅子百席では足りないぐらいの人が、聴きに来てくださった。しっかり自分なりに満足いくように練習できたとは言えないけれど、「もう一日、練習日をとろう」「もう一回聴いて」とみんな楽しんでこの日を迎えた。古い障子や襖を借りてステージの奥に立てかけ、昔の日本家屋の雰囲気を作った。ススキやコスモス、シオンなど、秋の花をたくさん飾って皆さんをお迎えした。

プログラムの内容を決めて、練習を始めたのが、半年前の四月。小学校や幼児園、デイサービスなどを訪ねる普段の活動や、その準備の打ち合わせなどしていると、月に一度の定例会はアッという間に過ぎてしまう。

私たちにとって「十周年のつどい」はグループを作って初めての大きな行事ではあるけれど、家庭や地域で仕事を持っている三十代から七十代までのメンバー十五人には、日常の仕事に加えていろいろの出来事があった。特に六十代七十代の人には、介護、そして父母とお別れするということが続いた。「もうひと月だけでも持ちこたえて」と願いながら、衰弱したお母さんを「十周年記念の会」の前日に送らねばならなかった人もいた。

「今はとても練習する気になれない」「語りの会のことは私の中でどんどん遠くにとんでいってる」という言葉に、「とうぜん」と受け止めながらも、準備は進めなければならなかった。

今年の田植え時、「妻の命が危ない、いう時、こんなことしているどころやないんやけど」と言いながら田植え機を動かしていた、向いの家のおじいさん。今、黄色く穂を垂れている。うれしいこともつらいことも一緒にどっと押し寄せてくる。

六月の行進曲《マーチ》
―追悼渡辺和子先生「置かれた場所で咲きなさい」―

早《はや》川《かわ》浩《ひろ》美《み》

「部活は吹奏。楽器はサックスを担当するんだ」と、少し照れながら教えてくれた甥。真新しい制服がまぶしかったその日から、あっと言う間に三年が過ぎた。

行ってみたかった甥のステージ。日程は私の都合に合わせてくれない。次の機会、次の機会と言っているうちに三年生も六月。引退の頃になってしまった。

先日、念願叶い、県内の一一〇の高校の吹奏部が日頃の練習の成果を披露する「吹奏楽祭」に行くことができた。「これが一輝、最後のステージになるかも」と、弟夫婦が誘ってくれた。会場は岡山シンフォニーホール。澄み渡る青空を背にしたホールがいつも以上に輝いて見えた。

「こうゆう空を五月晴れっていうんかなあ」と、母が言った。

「前に来たのが、のりくんの合唱部の定演の時で……、あの時は夜で灯りがきれいで……」

「もう十年になるわ。ついこの間みたいなのにね」

後部座席の母と私。日ごろは父の介護に追われる母もはしゃいでいる。のりくんというのは大阪で暮らす私の息子。学生時代は合唱部に属していたので、シンフォニーホールのステージにも度々立っている。息子の晴れ舞台を見たくて、追っかけした私。懐かしい記憶が次々に甦ってくる。今、弟夫婦がプログラムを片手に甥の姿を探している。順番はまだまだ先なのに……。十何年前の自分を見ているようだ。

どこかの学校の演奏が終わり、次の学校の演奏準備が始まる。その準備の時間に演奏曲や活動の様子がアナウンスされる。この吹奏楽祭が最後のステージになるという三年生の思いのこもったメッセージもあれば、初舞台という一年生の希望にあふれるメッセージもある。新旧が交代するこの時季は、四月とはまた一味違った新学期なのかもしれない。

「あ、一輝、あそこ、一番前の……」

義妹の声が聞こえた。

「あ、いたいた。兄ちゃんかっこいい」

弾んだ声で母が応えた。

サックスを抱える姿に三年生らしい貫禄がうかがわれる。歳は離れているが息子とは従兄弟同士。どこか似通う面差しに、私は十年前の息子を重ねる。シンフォニーホールのこの同じステージで息子は何十人の仲間とともに演奏した。そのすべてを目に耳に焼き付けておこうと、私は息をするのも忘れるくらい一生懸命その演奏を見た。記憶の時計が逆回りを始める。学生から社会人そして夫、父親となっていった息子。その間のいろんな思い出が浮かんでくる。あっという間の十年だった。

今ここで一つの曲を下級生と共に作り上げている甥も次の春には仲間と別れそれぞれの道を歩

き始める。卒業し社会人になった息子が、その春、涙をこらえた電話をかけてきたように、その道は、厳しいものかもしれない。うつむいたまま顔を上げられない時もあるかもしれない。だが、挫折も失敗も自分の人生。明日を生きる肥やしになる。せっかくの肥やし、自分があきらめてはつまらない。だから、恐れず進め進め。前へ進め。進めない時は立ち止まり、嵐の時は隠れてもいい。それでも前へ。自分の花は自分にしか咲かせない。

甥たちの演奏は米米ＣＬＵＢのヒット曲「浪漫飛行」。ドリームランドのようなセットの中で歌われる喜びにあふれた歌を思い出す。甥たちのテンポよく溌剌とした演奏の響きがホールを包む。若者たちの夢や憧れが音楽に乗ってやってくる。

そうだ、甥と一緒に演奏している三年生も他校の三年生もこうして一堂に会することはもうないのだ。若者たちよ、進め進め……。甥にエールを送っていたのがいつしか会場に集った若者たちへのエールに変わっていた。

甥たちの演奏が終わって数校のステージを見、ホールを出た。耳も胸も吹奏楽の響きでいっぱいだった。

帰り道、行進曲が聞こえたような気がした。ふと振り向いた。

「空が行進曲歌ってる」

口の中でつぶやいた。シンフォニーホールの上に広がる空はどこまで青く明るかった。

ピーマン

ひさたに　ゆか

草間彌生の美術展が京都であった。会場は祇園にある歌舞練場。建物は重要文化財にもなっている伝統的な日本建築だ。その正面に大好きな草間彌生の黄色い南瓜がドテッとある。

斬新でかっこいい！

この南瓜の前で私たちは待ち合わせた。東京から３人、大阪、和歌山、岡山からわたしの６人だ（私よりみんな年下）

「久しぶり！」

再会を喜ぶもつかの間、開場になった。後でゆっくり話そうね。

靴を脱いで館内へ。畳敷きの展示室で現代アートを観賞なんて初めて！　珍しい初期の水彩画やニューヨーク時代のもの、たくさんの水玉、網、シルクスクリーン、光るラメの入ったもの、舞台にも大きなオブジェ！　可愛い！　いろんな色が迫ってくる。だけど不思議。まったく別のものなのにそれがまるでそこにあったかのように思える。草間彌生ワールドにしばし酔いしれる。

観賞の後は陽子ちゃんが予約してくれていた近くの和食のお店でランチ。

「祇園のいなむら？　そんなとこアンタラみたいな若いオジョウサンが行く店じゃないやろ」

大阪の知人は言いました。

「そうなん？」

（まあなぁ、今までで一番高いランチかもしれんな）

ウキウキ
「飲み物は何にされますか？」

（え、ウーロン茶が900円？　しかも一番安いん？）

ウキウキが半減　冷や汗たらり。

（あと給料日まで我慢じゃな）

「リホちゃん、大きくなったねぇ」

リホちゃんは東京の陽子ちゃんの娘で、小学2年生。夢は「ユーチューバー」だそうだ。

そういえばさっきもブツブツ言いながらお母さんのスマホで動画を撮っていたなぁ。

リホちゃん親子の向いで豪華な食事をいただきながらおしゃべり。

ところが料理も中盤になった頃わたしは出された料理を前に固まってしまった。

「あれ、ユカさん、どうしたの？　なにか苦手なもの、あったの？」

陽子ちゃんに聞かれた。

「食べてあげよっか？　どれ？　ピーマン？」

（なんでばれてたんじゃろ）

「ゆかさん、食べてあげようか?」「わたし、食べましょうか?」

両隣から二人も声をかけてくれる。私は無言でうなづいた。

どうも私は思っていることが顔に出るらしい。

ここ数年、私は苦手な食べ物を克服しようと頑張ってきた。その甲斐あって里芋や、ピーマンも小さく切ったものなら食べられるようになったのだけど、この丸ごとピーマンは……

「よろしく」

少し悩んだ後、私は自分のお皿からピーマンを箸でつまんで陽子ちゃんのお皿に乗せた。

「こんなにおいしいのにねえ」

やっちゃんが残念そうに言った。

せっかく素敵なお店に連れてきてくれたのに申し訳ないなぁと思いながらも眼の前のピーマンがなくなって正直ホッとした。

みんな何事もなかったかのように食事を続けている。

私はみんなに世話をかけている。みんなより10歳も年上なのに。まるで子供みたいに優しく甘やかしてくれる。

お姉さんらしくしなければ!

小学2年生の前で恥ずかしい。とりあえず、「ピーマン克服」を目指そう。

第八章

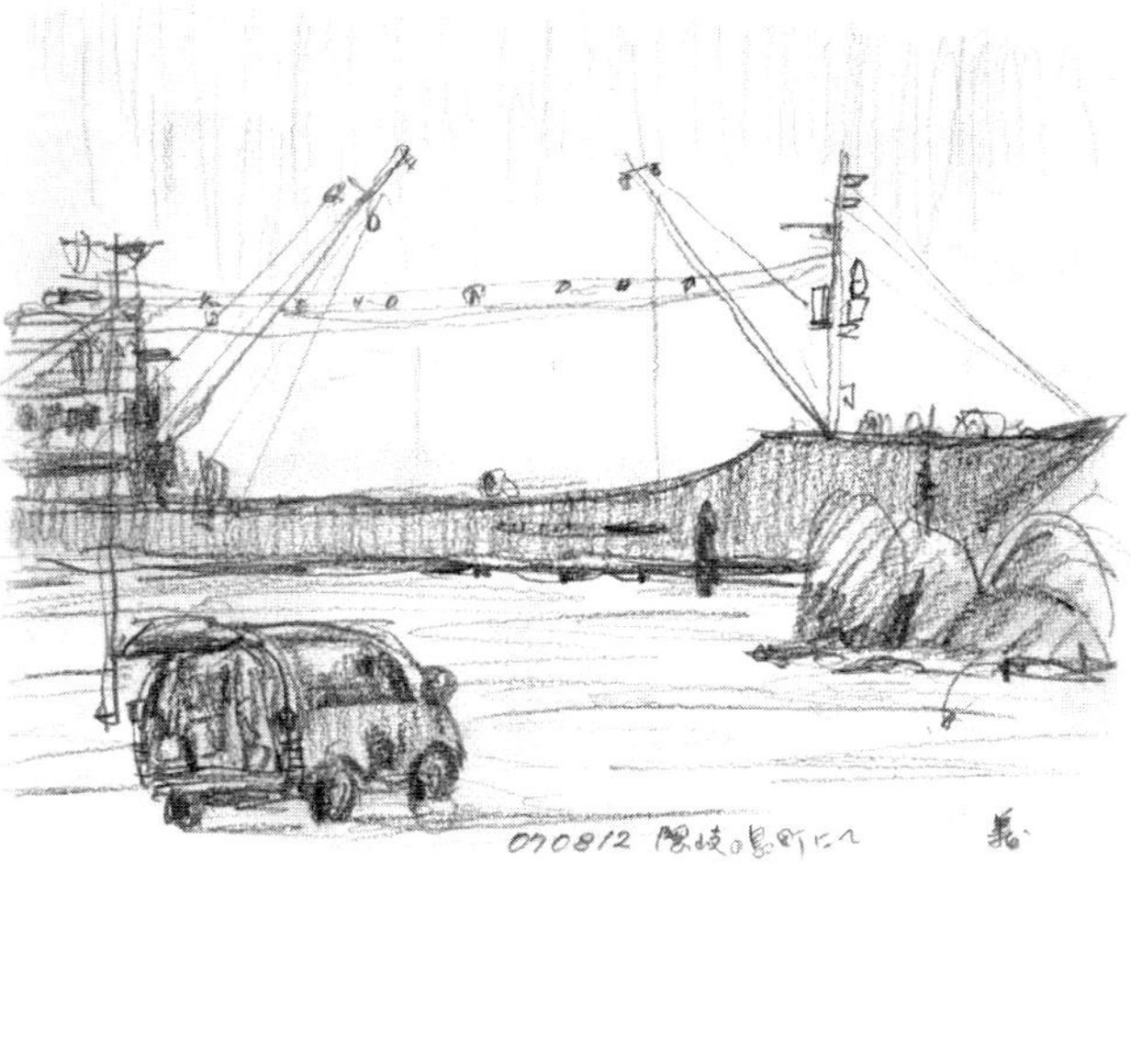

床の間のテレビ

久《ひさ》本《もと》恵《けい》子《こ》

ここに一枚の古い写真がある。

今から約五十年前のものだ。昭和三十九年（1964年）四月、端午の節句前、岡山県倉敷市の実家（生家）の座敷で、床の間《とこのま》を背にして、前列に父（故人、当時三十四歳）と母（三十一歳）、後列に兄（八歳）と澄まし顔の私（六歳）が写っている。

床の間の壁には、馬に乗った武将、「加藤清正」の押し絵の掛け軸がかかっている。その右手には、ブラウン管テレビが置かれている。昭和三十五年の夏に、父が買った白黒テレビである。当時、テレビは高級家具扱いで、個人の家庭では置き場所に困ったらしく、座敷の床の間に置く家が多かった。それまで世の中になかった物は、最初は居場所がない。

前年、昭和三十四年四月十日、当時の皇太子様（平成天皇）と美智子様の結婚に日本中が沸き、そのご成婚パレードを見ようとテレビを買ったという人が多かったそうだ。わが家は、そういうきっかけではなかったらしい。

そのときは、わが家にテレビはなく、近所の人たちと一緒に、小学校の図書室にあったテレビで、パレードを見たそうだ。当時、小学校と地域の垣根は低く、地元住民と先生方の交流は活発で、地元の人たちの学内への出入りにも寛容で、のどかな時代だったのだろう。

父母が結婚した昭和三十年には、父方の祖父母と曾祖母と未婚の伯父（父の兄）も同居で、計六人家族。伯父は、優秀な人物で健康だったが、戦中戦後の無理から体調を崩し療養中、無職だった。若い二人が家計の担い手として、共働きをしながら一家を支えた。

結婚の翌年、昭和三十一年に、相次いで、祖母（五十三歳）と伯父（三十三歳）が病気で亡くなり、その後、昭和三十七年には祖父（六十五歳）も病気で亡くなった、就学前の私たちきょうだい（兄と私）は、昼間、曾祖母に面倒をみてもらっていた。

近所では二番目という早さでテレビを買った父を、曾祖母は、やんわりと責めたらしい。「あっこの家《いえ》は分限者《ぶげんしゃ》じゃから、こうた（買った）んじゃ。うちは貧乏なのに、贅沢なことをせんでもええのに」と。父は、「老い先短いのだろうから、ばあさんにテレビを見せたかったから買った」と、言ったそうだ。曾祖母はうれしいような、複雑な心境だったろう。当時のわが家の経済状態からいえば、確かに高い買い物で、無理をしたのだと思う。曾祖母は、結局、九十歳まで長生きして、昭和四十五年に老衰で亡くなった。

写真を撮った日のことを母が教えてくれた。

台所仕事をしていると、「おおい、写真を撮るぞ」と、突然父に呼ばれ、エプロンをはずしただけの姿で、私だけ普段着だった、と。「お父さん（夫）だけ、背広を着てネクタイまでして。こういうときは、いつも、そう。私だっておしゃれをして写りたかったのに」と、笑いながら言う。それくらい、写真を撮るという行為は、特別だった時代だ。
それにしても、兄と私も、きちんとした身なりをしている。私は、白いタイツまではいている。これは、どう見てもよそ行きの恰好だ。全く記憶にないが、どこかへお出かけして帰ったときではないのか。

実家は、その後、計画道路にかかって立ち退きを迫られ、解体移転して、今、その場所には存在しない。近くの地区に土地を見つけて、古い家の柱などを再利用して家を建てて移り住んだ。やがて、私は結婚して、実家から西に車で二十分ほどの、同じ倉敷市内に住んでいる。実家跡は大きな国道となり、私も、岡山市など東方面に行く際、その上を車でよく通る。

ちなみに、押し絵とは、布を使った張り絵のことで、当時流行したらしい。掛け軸の平面に背景が描かれていて、中央に切れ込みがあり、一方、張り絵の平べったい武者人形の背には小さい掛け具が付いていて、差し込む形で掛け軸が完成する構造だった。あの少しだけ立体的にふくらんだ押し絵の布の、ふかふかした心地よい感触を覚えている。好きで、時々触っていた。

好きといえば、私のはいているプリーツスカートは、お気に入りのよそ行きの服だった。確か当時流行したディズニー映画「一〇一匹ワンちゃん大行進」のイラスト入りのものを買ってくれた。服は、たいてい布地を買って、母が自宅のミシンで縫って作ってくれていたと思う。スーパーマーケットも量販店もなかったころだ。普段はスカートなんかはかないし、こんなこぎれいな恰好はしない。化学繊維のプリーツスカートの、ひだのシャカシャカした手触りを今もよく覚えている。少しお姫様気分になれてうれしかった。

ふと、疑問に思った。この写真を写してくれた人は、誰だろうか。

母に聞いてみたら、記憶があいまいだった。父が買って持っていた、古いタイプのカメラ、セルフタイマーが付いていたのだろうか。

母がよくよく思い返してみると、不正確かもしれないが、もしかしたら、遊びに来ていた、若い叔父（母の弟）ではないかということだった。母の実家は、同じ倉敷市内で、田舎の私たちの家より北西の市街地にあり、そう遠くはない。

母は五人きょうだいの長女、当時、年の離れた二人の弟は、まだ独身で実家にいた。上の叔父は二十歳くらい、働いていたが、時々、母の元に遊びに来ていたらしい。おそらく、その叔父が写してくれたのか。

母の実家は、倉敷市美観地区の近くにあった。兄と私は、小学生になり、一学期の終業式が終わると、通信簿を持って、バスに乗って五つほど先の駅に降り立ち、そこから少し歩いて、母の実家に泊まりに行くようになった。父母は仕事などで忙しく、子どもたちだけで訪れた。

祖父母と叔父二人が、よく来たなあ、と、温かく迎えてくれた。わが家にはない、おいしそうなお菓子、居間のちゃぶ台の上の菓子器に山盛りにあった。今ならわかる。普段は買い置きなどしないお菓子を、私たちが喜ぶだろうから、と、買ってくれていたのだろう。

近くの商店街では、その時期、土曜夜市《よいち》があった。夏限定で、土曜の夜だけ開催される、地元のお祭りである。昭和四十七年（１９７２年）、山陽新幹線の新大阪―岡山駅間が開業するまで、倉敷の大原美術館周辺は、今ほど観光客は訪れず、静かだった。

それでも、商店街の通りには屋台がたくさん出て、地元の人たちでにぎやかだった。独身だった若い叔父たちは、私たちきょうだいを夜市に連れて行ってくれた。友人たちと遊びたい盛りに、よく相手をしてくれたと思う。それは、私たちきょうだいにとっては、特別なことで、ワクワクする出来事、楽しい夏休みの始まりだった。

一枚の写真から、いろいろなことがよみがえる。

若かった父や母、叔父たち。父方、母方共に、祖父母はもういない。父も定年前にクモ膜下出血で突然死してから、三十年近くになる。

母や叔父たちは健在だが、その後の人生には、それぞれ、いろいろな出来事があった。

小学生だった兄と私も大人になり、家庭を持ち、家族に恵まれ、当時の父母の年齢をとっくに超えている。今まで、大勢の人に守られて生きてこられたんだなあ、と、改めて思う。

一枚の古い写真。貧しいながらも、希望をもって懸命に生きていた、若い父と母がいる。床の間のテレビは、その象徴である。そして、カメラの向こうには、笑顔でシャッターを押してくれた人がいたかもしれない。

若かった彼らには、どのような時間が流れていたのだろうか。

一枚の写真の奥に、私の知らない歴史がある。そっと耳を傾けたい。今度また、母に聞かせてもらおう。

二人だけの女子会

平《ひら》井《い》千《ち》秋《あき》

日曜日の横浜・山下公園は、人であふれていた。

雨あがりの木々の葉は艶やかで、黄色やピンク色のバラが、柔らかい雰囲気を醸している。

その中を、由子さんと肩を並べて歩いた。

由子さんと私は、大学時代を広島の下宿で一緒に過ごした。心が寒くなると、夜が白むまで語りあう日々。ドジなところは共通するが、彼女は思索的。卒業後は、共に教員になった。彼女は横浜で結婚し、出産を機に子育てと赤ペンの添削指導に心を注いでいた。

二年前の横浜同窓会、私は夫の病気のため欠席した。

でも彼女と話したくて、二人だけの再会となった。

「家庭科のレポートが書けなくて、延期のお願いに行ったよね」

学生時代の失敗話で盛り上がり、笑いながら横浜港大桟橋へと歩を進めた。

停泊している外国の客船を見て、由子さんが言う。

「自分のルーツを知りたくて、アメリカへ移民した祖父のことを外務省で調べたの」

「すごいエネルギーね」

「名簿に名前を見つけて感動した。警察官だったこともわかった。私のファミリーヒストリーよ」

一見、内向的ながら、時に発する行動力は変わっていない。

中華街で食事をとり、Nホテルに落ち着いた。横浜港を眼下に見渡せる。

ソファーに座ると、由子さんはせきを切ったように話し始めた。

「子育ては大変だった。思い出してもつらい」

「誰も頼る人がいない都会だもの」

「夫は忙しかったし……。体調を崩して入院した時、近所で子どもを預かってもらったの。でも、下の子がストレスをためて退院を早めたのよ」

窓から見える観覧車の赤紫や黄緑の光が、夜空に美しい空間をつくっている。

「あなたの育て方がよかったから、子どもさん二人とも東大に進んで、結婚もした。立派に子育て卒業よ」

「今が一番楽しい！　英会話とお茶、歌。自分のやりたいことができる」

夫婦で欧米旅行を楽しんでいる様子。地域に根を張っている気配もする。

「今年は、十年続けている英会話で、自分を『進化』させたいの」

そう話す由子さんは、輝いている。

常に伸びていこうとする人と話すのは心地よい。

「進化」という言葉に元気が湧いた。

「生きる」

平《ひら》松《まつ》眞《ま》弓《ゆみ》

シャンソン「生きる」が目の前で歌われている。ライトに浮かび上がる大先輩の美しい姿を見、魅惑的な歌声を聴くうち、姿は次第にぼやけていく。しかし、歌声はどんどん私の中に入ってくる。私の中心と呼応し、熱を持ち、激しい渦を巻く。あふれ出てくる涙を止めることはできなかった。

「生きる」はシルヴィアン・ルベル作詞、アリス・ドナ作曲の「最後の意志」とか「最後の一幕」とも訳されている曲だ。今回の訳詞は矢田部道一によるものだ。

シャンソンはフランス発、「うた」の意味を持つ歌のこと。イタリアのカンツオーネ、ポルトガルのファドなど同様の国民的歌謡なのである。日本でいえば日本民謡か。

「うたう」ことは「うったう↓訴う」に通じる。心を訴えて表現するものと考えている。「音楽する」ことは声楽でも器楽でも「歌う」ことである思う。器楽はそのインスツルメント（楽器）を媒介に歌うのであるが、声楽は歌う人そのものが楽器。だから歌っているその人の描く心象風景がダイレクトに伝わる。歌がその人そのものだったりする。

青春時代、越路吹雪にはまって、おきまりの「愛の賛歌」「枯葉」に心を奪われたものだ。越路吹雪の歌は岩谷時子氏の名訳（詞）が曲をわかりやすく魅力的なものにしていた。

歳を重ね、オペラにはまり、オペラは原語で楽しむのが極上と考えるようになった。シャンソンもしかり。原詩（フランス語）には韻が踏まれているし、言葉のアクセントやニュアンスに旋律が見事に添っている。シャンソンを日本語で歌うとその訳詞によっては旋律と言葉が肌別れし、しっくりこないことが多にしてある。

しかし、「歌は原語で聴くのが一番」といっても発音の壁は高く、内容はくみ取れない。訳詞があって初めて、歌う者、聴く者がシャンソンをより親しむことができる。

歌っている彼女の人生を私がどれほど理解しているか、否、ほとんど知ることはない。

それでもなお伝わってくる彼女の想い。

『歩んだ道を振り返り、全てを受け入れやがて訪れる「死」と対峙する。

やることはやった……その自負のもと、生きる尊さを思い知るのだ』

「ブラヴァー」「ブラビー」共感と感動の拍手を送りながら叫んでいた。

『私も一緒よ　一緒なの』

しっかり生きながらその時を待ちましょう。

半分の心は今もＮＹにあって

廣《ひろ》畑《はた》周《ちか》子《こ》

娘の病気を知ったのは、娘の夫からの数年ぶりの電話だった。「知らせると心配すると思ったけれど、もう知らせないといけなくなった」と。八月十八日土曜日の晩だった。「すぐ行きます」と告げ、夜のうちにエスタ（電子渡航認証システム）を申請し、チケットを探し、二日後成田を発ってひとり、娘の所に駆けつけた。

病院での抗がん剤治療はやめて、自宅でのホスピスケアを決めた娘は、救急車で戻ってきた。二階の自分の部屋のベッドに落ち着くと、ひどく疲れて顔色は青いが「家がいい」と言った。六年ぶりに会う娘の長い黒髪には、太い白髪が混じっていた。日本を離れて二十年、コロラド州ボルダーで三年、イギリス一年、サンフランシスコで十年、このＮＹ州コペイクのシュタイナー理念の障がい者村キャンプヒルでハウスペアレントとして五年が終ろうとしている。発作を抱える障がい者達と家族として暮らすことは二十四時間気の抜けないものだったという。

娘は、体調を見て身辺整理をしたいと言った。「紙袋をたくさん持ってきて」とベッドで言い、まずクローゼットの衣類や靴をリサイクルに出すよう言った。翌々日には、渡米後勉強した講座のテキストやノート、手紙類などすべて焼却ゴミとして出すため戸外のボックスに入れさせた。趣味のパペットショー（人形劇）のための大量の色とりどりの羊毛や絹の布は友人にあげるため箱詰めにした。

娘は木の葉の布団に眠る妖精とか、三角帽子の小人たちとか、お守りのような精巧な手作り品を作って、友人へのプレゼントにしていた。作りかけの材料で「ママ作ってみたら」と言う。手作りの翁と老女、たぬき、糸車の入った箱を開けた時、「これで『たぬきの糸車』ができるよ」と言って、「昔ある山奥にきこりの夫婦が住んでいました……」とベッドで少し動かして見せた。その時だけはほほえんでいた。「これ日本に持って帰って」と言った。

中・高生の子どもたちの将来を心配するので、私が「一度帰るけれど誕生日には来るわ」というと「私はそんなに長くは生きられない」と答えた。

延命治療をしない身は日々衰弱していくのが、ひと月足らず一緒に暮らしていて、目に見えた。九月十八日、帰りのチケットの日の朝、娘の背中を抱くと背骨がてのひらに鋭く触れた。手を握ると「ママ、きてくれてありがとう」と何度も言い、痩せて大きくなった目から大粒の涙がこぼれた。初めて見せた涙だった。

帰宅して二日後亡くなったという電話を受け取った。四十七歳だった。

渡米前「結婚しても姓を変えたくない」と言った娘は、母のいるふるさとの墓で眠るだろう。今も私の心の半分はＮＹにあって、自分の決めた最期に向かってけなげに生きた娘に背中を押されている。

幸せの黄色

藤《ふじ》井《い》孝《たか》子《こ》

広告業界で働いていた。商品撮影のため、季節外れの撮影素材を探しまわったことがある。9月に桜の花が必要で、ひょっとしたらと岡山県内の桜の並木を訪ね回り、ようやく返り咲きの桜を見つけたことがある。

やはり9月にユズ（柚子）を使った和菓子を撮影することになった。パティシエに、柚子が黄色く色づいていないと蒸しあげたときに緑色が茶色に変色する。味は調整できても撮影には適さないといわれた。

商品仕入れの担当者に産地を確認し、夏季休暇をとり、盆休みにダメもとで徳島まで黄色のユズを探しに出かけた。

ユズ農家をぶっつけ本番でたずねたが、黄色い実は見つからなかった。何軒目かで、温室で早生を栽培している農家なら、ひょっとしたらあるかもしれないと紹介してもらった。訪ねると、ちょうどその日の収穫をトラックに積んで畑から帰宅されたところだった。

事情を説明し、黄色いユズがあれば分けていただけないかとお願いした。

軽トラック一台分ある荷台の翡翠（ひすい）色のユズの山から、13個を見つけた。代金を聞くと、日焼けや何らかの理由で黄色くなってしもうて、売り物にはならんから、お金なんかもらえんと、言われ、プロの矜持（きょうじ）をしっかり感じた。

実際、他のユズは、ずっしりと重かったが私がより分け、探し出した黄色いユズはふわふわと軽かった。心からお礼を言って、大事に持ち帰り、加工にまわし、何とか撮影に間に合った。

徳島ではおまけがあった。同行した夫が、那賀町の農家の方と話が弾み、先年発症した脳梗塞の後遺症のリハビリや体調管理にはユズ酢が最適と聞き出した。

収穫の時期が来たら一升瓶で分けてもらえることになった。ユズの果実を絞ったままの果汁である。それ以来、我が家には毎年、一升瓶のユズ酢が届く。私が別にお願いした果実も届くので果皮で砂糖煮を作って冷凍保存する。

残念なことに私たちよりは若かったが、その農家の主人は病を得てなくなった。だが奥様や、息子さんから引き続きユズ酢は送られてくる。

夫は定年後、通い始めた公民館の「パパの料理教室」で覚えたパウンドケーキにユズ皮のみじん切りを入れてつくり、好評である。

すしもユズ酢で作るようになった。穀物酢のようなツンとくる刺激臭がなく香りも味もソフトで、年間4本を消費する。

お日様のように輝く黄色のユズは幸せの色だ。我が家の健康の源である。

夕陽《ゆうひ》を追いかけて

藤《ふじ》原《わら》由紀子《ゆきこ》

葬儀には間に合わないと思っていた長女が、ポルトガルから飛行機を乗り継いで帰って来た。突然亡くなった夫の通夜葬儀が、都合で日延べとなり、棺の中の夫と対面することが出来た。夫のカメラを借りて、ポルトガルの祭りを追いかけている最中だった。夫は自分で行けない代わりに、旅慣れた娘のために自分用のカメラを渡し「良い写真を撮って来て」と、娘が帰国してからの写真展を楽しみにしていた。

七十代になったとはいえ、直前まで元気に内科の勤務医として仕事をしていた。夫が亡くなるなど予想もしていなかった。自宅で早朝突然倒れ、慌てて勤務先の病院に連絡したが、為すすべもなく、そのまま亡くなった。

当直といった泊まりの勤務も、多い時は一か月に四回もあった。自宅に居ても、夜中に病院から電話がかかるのは日常茶飯事だった。熟睡することはなかったのではと思われた。さらに病状が急変した患者のために、勤務時間でなくても病院を行き来することも何度もあった。「医者は二十四時間勤務だから」が口癖だった。以前は「そこまでしなくても」と言った事もあったが、長男が大病を患い入院してみると、医師の時間外と言われる様な、そのような行いも、嬉しく有り難いものだと思えるようになり、夫の行動を止めることはなかった。子供達の行事も、旅行もキャンセルになることが多かった。長男が一度ならず何度も病気や事故で入院した時は、専門家ゆえに、外科の主治医との会話は、普通の患者への対応とは程遠く、最悪を想定しての内容となった。同席していても「難易度の高い手術です。四肢麻痺は覚悟して」との言葉が容赦なく飛び交い、思わず気が遠くなったこともあった。

「人のために尽くすのが生きがいなんだ。医者になって良かった」といつも言っていた。結婚当初気付かなかったが、彼の優しさは、複雑な成育歴からくる深い悲しみにあったのだと、かなりあとから知った。

石井十次にかかわりの深い、キリスト教系の病院に勤めていた。毎朝聖書の話と讃美歌や祈りが病院の全室に流れる。二十年前に初めて勤務することになったとき、当時の理事長であり牧師であった方からいただいた聖書を、毎日開いていたらしく赤線が引かれていた。本人がどの様な葬儀を望んでいたかわからなかったが、病院で毎日顔を合わせていた牧師に、葬儀をお願いしてみると、快く引き受けてもらうことが出来た。

葬儀の段取りについて、まだ現役で仕事をしているということで、多くの参列者があると見越した葬儀社が、大きな会場を勧めてくれたのでそれに従った。予想通り、東京や鳥取など遠方からの人や、友人知人が、急にもかかわらず多く駆けつけて下さった。洗礼を受けた信者というわけではなかったが、日ごろから病院で親しくしていた牧師が、葬儀の資料を手作りしてくださり、気配りの行き届いた、心のこもった葬儀となった。親族や葬儀社の関係者だけでなく、普段から人付き合いの良かった夫と親しかった方々が、受付その他に関しても、手伝ってくださったおかげで、何とか落ち着いて葬儀を終えることが出来た。

その後しばらくして、私の母が、自宅で百四歳で亡くなった。安らかな最期だった。母の主治医は夫だった。ここまで元気で、長く自宅で看ることが出来たのは、夫の丁寧な対応のおかげだと思えた。夫が亡くなってからは、勤務先だった病院の医師が、夫のあとを引き継いで面倒を見てくれていた。一年間に二度葬儀をすることとなり辛かった。

あと少し夫が生きていてくれたら、母を見送ってから、二人でゆっくりあちこち旅をし、愛用のカメラで、美しい景色を撮ることができたのではと思うと、残念でならなかった。

夫は外来診療の合間に、在宅の方の往診に出かけることもあった。ある時連絡もなく帰宅が遅くなり、心配して待っていると「夕陽があんまりきれいだったから、見とれていたら車を塀にぶつけてしまった」と言いながら帰って来た。さらに「あんなにきれいな夕陽は見たことがないと思って」と続けるので私は笑ってしまった。私に心配させないようになのか、穏やかな表情だった。気持ちを落ち着けてから帰って来たのだろう。繊細でナイーブな人だった。

今も娘に預けたカメラになって、夕陽を追いかけているような気がする。

「ヤッシーして」

船《ふな》越《こし》洋《よう》太《た》郎《ろう》

最近食料品などの包装がしっかりし、破れにくくなっている。駄菓子の透明包装紙でも、簡単に開封できない。そう言えば、ジャムや海産物を入れたビン詰の蓋を開けるのにも苦労している。ペットボトルの栓も中には固いものがある。中身の商品がこぼれるのを防止するには、包装をしっかりしておくことは大切である。しかしそこまでやる必要があるのかと疑うようなものもある。

中身の商品価値に比し、開封にてこずるものがある。中には包装紙の端に、切り込みを設け「ここから開封してください」と知らせているものもある。包装が固くて開けられないことを承知で何も対策のないものは、消費者に不親切極まりないと憤慨してしまう。

子供たちがまだ幼いころ、お菓子の包装紙が固く開けられないとき、私たちに「ヤッシーして」と持ってきて、開けてくれるのを待っていた。そんなときすこし大げさに顔をしかめて、あたかも固いものを渾身の力で開けるがごとく「ヤー」とばかり大げさに全身をこめて開けるふりをしていた。それを見ていた子供たちは、自分たちの手に負えぬ包装を開けるときは「ヤッシーする」と言い出した。それ以来我が家では、開封にてこずる場合「ヤッシーする」が家族間の合言葉になった。

母が生前九十歳を過ぎて一人暮らしをしていたころ、台所や居間には必ず鋏を手近においていた。ラーメンの袋から、うどん玉の包装まですべて鋏のお世話になっていたのである。力が衰え手で開封して取り出すのが困難になっていたので、自然とそれが生活習慣になっていた。その時、老いるとなにもかも不便になるものだと実感したが、まだまだ自分たちとは縁遠いように感じていた。

しかし今その当時の光景が我々の目前で現実になりつつある。

今秋、台風や秋雨前線の影響で鬱陶しい日が続き、十日ほど秋晴れの日が見られなかった。ようやく爽やかな日を迎え、予定していた庭仕事に早朝から取り掛かった。手付かずになっていた夏草の処分から、秋冬用の野菜の種まき、朝顔、ひまわりなど夏花の跡片付けなど、久しぶりの力仕事に終日追いまくられた。

翌日、右手指先に何か違和感を覚えるようになった。昨日の猛烈な忙しさが少し手先の疲れとして出たのかと、あまり気にしていなかったが、夕方あたりから急に右手親指の関節が痛み出した。親指の第一関節と付け根の関節が熱を持ち痛む。特に第一関節は曲げるのに苦労し曲げた指先が元に戻らない。力を入れて戻すと、バネのように弾かれカクンと戻り強い痛みを生じる。明らかに指先に異常を来している。

付け根の関節は、物を掴むときやドアのノブを回すときなど、ピリッとした痛みが走り力が入らない。妻が「手指の痛み改善法」としてこんな記事があるよと、購読している雑誌を見せてくれた。それによると、第一関節の痛みは「ばね指」と言われる症状で手指の腱鞘炎であり、付け根の痛みは「母指ＣＭ関節症」といわれ変形性関節症であることがわかった。いずれの症状も手をよく使う人の症状で治療法はまず安静第一とあった。

以来痛むときは経皮吸収型鎮痛消炎剤のテープを張っているが一向に良くなる気配がない。ついに私も妻に対し「ヤッシーして」と頼まざるを得ない時がやってきた。

第九章

リンゴの実が色づく頃

前《まえ》川《かわ》　満《みつる》

リンゴの実が色づく頃、信濃の善光寺にお参りし野沢温泉で泊まる。結婚五十八年の記念に企画した夫婦旅である。ＪＴＢに特注の旅行日程表が届くと、半月先の事なのに、妻は指折り数えて天気予報に気をもみ、よそ行きの衣装選びにあわただしい。

十月九日は晴天。ＪＲ岡山駅から「のぞみ号」で出発。名古屋駅で特急「しなの号」に乗り換える。〝より多くの人を、より速く〟の新幹線と違い、木曽の山中深く分け行く中央本線の旅はくつろげる。妻が手作りの昼弁当を開く。海苔《のり》巻き三角握りが三個ずつ。紀州梅干し、佃煮《つくだに》昆布と広島菜漬け。塩加減もほどよく、なつかしい食味である。

新聞社の支局長だった時、妻は国政選挙や大事件の取材本部に握り飯を差し入れてくれた。「一升のお米を炊いて四十個、和歌山の集団コレラ事件ではいちどに八十個も作った。みんなに喜ばれ、本社から褒美の特別賞をいただいた。大変だったけど、若かったからがんばれた」と、内助の功を自慢する。勤続三十五年で転任の引っ越しが十二回。

「子どもは無くても、二人三脚のお握り夫婦でした」

と、相づちを打つ。いろんな場面が走馬灯のように思い出され、久しぶりに話がはずむ。

午後一時、長野駅に定刻通り到着。昔は〈牛に引かれて善光寺参り〉とうたわれた巡礼行脚だが、鉄道網の高速化で便利になり、昭和ひとけた生まれの爺婆《じじばば》には隔世の感がする。県都の表玄関から善光寺まで駅前通りを約二キロメートル。両下肢痛の妻をかばい、タクシーで直行する。初めて見る山門、本堂が豪壮で大きいのに驚く。寺伝によると、推古十年（六〇二）開山の本多善光が百済伝来の一光三尊阿弥陀如来像を当地に搬入し、皇極元年（六四二）堂を建てて祀り、天皇の勅額をいただき善光寺とした。一光三尊とは、一つの舟形光背の中に弥陀と観音、勢至が存すること。善光寺は古来、宗派に属さない阿弥陀信仰の聖地なのだ。

江戸時代中期には庶民の社寺詣で、物見遊山の旅が盛んになる。とくに善光寺は女人救済の人気が高く、各地に講ができ、善男善女が山坂道を越えて参集してくる。信者が増え、北海道や千葉、愛知、京都などに新しい善光寺が分布する。

現存する国宝指定の本堂は、宝永四年（一七〇七）幕府の命で松代藩が再建した。高さ三〇メートル、間口二四メートル、奥行き五四メートルの四棟造り。東日本一の仏教建築である。内陣に上がる。絶対秘仏の本尊は、正面の豪華な瑠璃《るり》壇に安置され、お姿を拝見できない。放たれる光の「永代不滅の御三灯」を仰ぎ、合掌して一生一度の結縁を深く感謝する。

「やっと念願がかなった。夫婦でお参りできてよかった」

と、広島爆心地で生き残った妻が、晴れやかなのが何よりうれしい。

評判のパワースポット「戒壇めぐり」は、入口に行列ができる。瑠璃壇下の真っ暗な回廊を壁伝いに手探り進み、極楽への錠前に触れる仕掛け。順番待ちに時間がかかるので、外陣の高台に在《おわ》す本像「びんづる尊者」のもとに移動する。釈迦の弟子・十六羅漢《らかん》の一人で、その像を撫でることで病いが治るという。妻は入念に像の足、ひざにさわる。なんと像の顔面がすり減り変形している。仏の身を削る働きをありがたく思う。

山門を出る。振り返って、善光寺の威容を心に刻み、門前街を妻の気ままな歩調で散策する。長野駅に戻って、飯山線のディーゼルカーに高校生たちと乗り込む。下校時だが、スマホをいじくる者がいない。向かい側の長いすに腰掛ける老人は、虫眼鏡で文庫本を読みふける。無人駅を知らせる女性車掌のひなびたアナウンスがおもしろい。車窓を過ぎるリンゴ畑に赤い実がたわわで、信濃路の旅愁をしみじみ覚える。

戸狩湯沢温泉駅で下車。客待ちのタクシーをひろう。運転手は、

「野沢温泉は初めてですか。雪がまだ降らないスキーシーズン前が、一年で一番静かで、のんびりできますよ」

と、愛想がいい。実は、はるばる遠くへ来たのにはひめた理由《わけ》がある。ここ長野県の湯沢温泉村は、世代を超えて人気抜群の唱歌を作詞した高野辰之（一八七六―一九四七）の終焉地《しゅうえんのち》なのだ。「春が来た」「朧月夜《おぼろ》」「故郷」など愛唱歌の原風景を確かめ、その空気を呼吸したい。

菜の花畠《ばたけ》に　入り日薄れ　見わたす山の端《は》　霞《かすみ》ふかし
春風そよふく　空を見れば　夕月かかりて　にほひ淡《あわ》し

大好きな歌をそっと口ずさむ。辺りは晩秋の気配だが、胸の内があたたかくなる。

千曲川に架かる橋を渡り、毛無山（標高一六五〇メートル）の西側を上《のぼ》る。硫黄のにおいが漂う。午後六時、日はとっぷり暮れ、明かりがともる旅館「さかや」に着く。

部屋の浴衣、はんてんに着替え、男女別の大浴場へ。旅館敷地内の泉源四カ所から自然湧出する湯を集め、そのまま引き入れている。四十五度の湯がとうとうと流れる槽はパスし、四十三度に冷ました湯があふれる浅い槽に、手足を伸ばして大の字になる。旅の疲れが単純硫黄泉の薄く白濁した湯に溶けていく。他に客は無く、広い浴場を独り占め。飛び切りのぜいたくである。

「女湯も独り。いいお湯に満足して、おなかがすいたわ」

つやつやしい顔の妻が笑う。待望の夕食タイム――

最初に出された前菜の盛り皿にびっくり。備前焼の緋《ひ》だすきである。係りの女性は、

「焼き物好きの館主が窯元に注文した器です。旬の料理に合わせて萩、織部なども用います」

「焼き締めの備前は重く、持ち運びが苦労でしょう」とねぎらえば、

「そうですね。取り扱いに注意しています」一夜の宿の思わぬ出会いである。

十日、快晴。朝食時に妻は、

「足は痛くないから大丈夫。善光寺のびんづるさんにお願いしたので、今日は歩けますよ」

と元気がよい。帰路は松本に立ち寄ろう。国宝の名城を訪れ、名物の新そばを食べ、松本市美術館で地元出身の草間彌生が催す最新作展をみる。遅くなったら、美ヶ原温泉に泊まる。年を取っても旅は誘《いざな》いである。

花残月（はなのこしづき）

真《ま》部《な》紀《べ》子《のり》

――ふわり、ひらひら――　まさにその言葉どおりであった。

穏やかな春の朝、信号待ちをしていると、車のフロントガラスの前を何かがよぎった。それは、ひとひらの桜の花びらであった。まわりには、微風に吹かれた無数の花びらがくるくるとアスファルトの上を舞っていた。

風を切って走る車にたわむれながら散る花びらたち。

「ああ！　何てきれいな花吹雪！」

あたかも、小さな蝶が薄いピンクの羽を広げて、踊っているように見えた。

短い命を惜しんでいるかのように、華やかに風と遊ぶ花びらたち。それは、美しいものの儚さを告げているようであった。

桜の枝には、次は私たちの番とばかりに瑞々しい若葉が姿を見せていた。それを見ていると、哀しいような不思議な思いに包まれた。自然の営みを見たような気持であった。

冬の間、じっと耐えていた草花は春の訪れと共にいっせいに花開きはじめる。

人々は、桜の花の下で酔いしれる。そんな事を考えていると数日前、所用で乗ったタクシーの運転手の言葉を思い出した。

「お客さん、今日はいい天気ですねぇ。桜の花も本当にきれいに咲いて皆に見てもらえて嬉しいでしょうなあ。でも、私はひとつ許せないことがあるんですわ。あの花の下でするバーベキュー。あの臭《におい》はがまんできんですわ。あれは桜の花に似合わんですなあ。まだカラオケまでは許せるんですが、あの臭に桜は泣いてるでしょうなあ。バーベキューは、海とか山とかに遊びに行ってするのにはいいですが、花見にはよくないですなあ。せっかく咲いた短い命の桜がかわいそうでならんのですわ」

私は、相槌を打ちながら五十歳前後と思われる運転手さんの言葉に感動していた。こんなにもあたたかい気持で花を見ている人がいるのかと思うと、嬉しくて涙が出そうになった。

休日に天気の悪い日が重なったこともあり、満開時が過ぎても花見をする人がいたという。私も友人を誘って、遅ればせながら近くの公園に桜を見に行った。さすがに全盛期の美しい花の色はなく、白っぽくあせた花びらが体を震わせるように揺れていた。

遊歩道を散策しながら、団地を抜け高倉山《たかくらやま》へと続く坂道へさしかかった。

「まあ！　見て見て！　素敵！」

二人は同時に驚きの声をあげた。鮮やかな濃い桃色の花があたり一面をおおいつくしていた。桜と交代するかのように春の日差しを受けて花開いた桃の花であった。

山陽町は桃の里。桃畑の花たちは、周りの風景を桃色に染めながら誇るように咲いていた。

数台の車が道沿いに止められ、カメラを持った人達が魅了されたように花の中をめぐっていた。

まさに桃源郷を思わせるような風情《ふぜい》であった。

昔、漁夫が道に迷い桃林の奥にある村里に入りこんだ。そこは平和で裕福な別天地であった。歓待されて帰った漁夫は、再び尋ねようとしたが見つからなかったという。理想郷というものは、そうたやすく見つけられるものではないということであろう。

桃の花で彩られた里山は、私を遙か遠くのいにしえの時代へと導いてくれたようだ。ほんの束の間、至福の時を過ごすことができた。

自然というものは、厳しさと共に何という慰めを与えてくれるのだろう。

日頃の小さな思い煩いも何処かへ消えてしまったようである。あの花のように巡り来る季節を私も静かに受け入れられるだろうか。

花に想いを寄せた、のどかな昼下りであった。

「でも、口呼吸ができないから、相手の言っていることは分かるのにしゃべることができない」（『ざんねんないきもの事典』（高橋書店刊）の149p所載）には、納得できなくて（1）

麻《ま》耶《や》浩《こう》助《すけ》

平成二十九年十月十五日のOESの合評会で、大坪光恵さんが発表された「楽しい会話」の中に、標記のくだり（一枚目後ろから2行目～最終行）があり、浅学非才の私には、事実かどうか分からず、納得がいかず、疑問を感じたので、質問したかったのであるが、恥ずかしくてできなかったのである。

数日後、勇気を出して、その根拠を、大坪さんにメールで尋ねたところ、『ざんねんないきもの事典』（高橋書店刊）に載っているということで、十月二十五日（水）に、それを買い求めた。同書の、149pには、「チンパンジーのしゃべれないのは、のどの構造のせい」と題する文章が掲載されていて、標記の章句もあったのである。

記載事項を読んでみたが、やはり、疑問が解けないので、高橋書店編集部宛に、次を送ることにしたのである。

2017年10月25日

高橋書店編集部御中

710-0016　岡山県倉敷市中庄３５５８番地１４
木村正昭（方）
エッセイスト　麻耶浩助

拝啓
台風一過、秋らしい日となりましたが、編集部諸兄姉には、ますますご清祥のこととお喜び申し上げます。

貴社発行の『ざんねんないきもの事典』所載の記事に付いて、お尋ね致します。

１４９ｐの「チンパンジーがしゃべれないのは、のどの構造のせい」は、正しいのでしょうか。

インターネット上に次の記事がありました。

★
ヒトが言葉を話せてサルが話せないのは何故？
AOL News Staff
2017年01月02日 12時00分

サルが言葉を話せないのは周知の事実だが、ヒトが話せてサルが話せないという違いはどこから来ているのだろうか？

先日発表されたプリンストン大学のプレスリリースによると、新しい研究によって「マカク属のサル（以下「マカク」）にはヒトのように明解な言葉を発する発声器官があるが、実際に発声するための脳神経回路が欠けている」ことが分かったというのである。

さらに「この発見はアフリカやアジアに生息するいわゆる〝旧世界ザル〟にも当てはまる。ヒトが発語するというのは脳の特殊な発達と構造に端を発するところが大きく、ヒトとこれらのサルの発声器官の違いが関係しているのではない」としている。

この研究発表の著者はプリンストン大学神経科学研究所で心理学が専門のアーシフ・ガザンファ教授とオーストリア・ウイーン大学で認知生物学が専門のテクムセ・フィッチ教授の２人。両教授は「マカクに数種の口腔顔面を動かす運動をさせX線動画を撮影、その舌、唇、喉頭など発声器官の違った部位がどのように動いているかを調査」したそうである。

これらのデータは同研究発表の共同責任著者であるベルギーのブリュッセル自由大学（VUB）人工知能研究所のバート・デ・ボア上級研究員により解析が行われ、コンピュータ上でモデルが作られた。このモデルは、前述のX線動画に記録されたサルの体格をもとにマカクの声域を推測し、シミュレーションすることができる。

この研究は、ヒトの言葉はどこから来ているのかについて、さらなる追求を進められると言われており、ガザンファ教授も「ヒトの脳が特別であるのはなぜか、という問題提起につながる」と述べている。

★

以上の説によれば、チンパンジーではありませんが、「マカク」属の猿には、「ヒトのように明解な言葉を発する発声器官があるが、実際に発声するための脳神経回路が欠けている」から、発声できないことになるわけで、私もそう思うのですが。

また、「とてもかしこく。手話で人間と話すこともできます」も、「話す」ではなく「意思疎通ができます」とでも、改めるべきではないでしょうか。

次の、センテンスの「なぜなら、チンパンジーは口で呼吸ができないから」言葉をしゃべることができないという、理由付けは正しいのでしょうか。

前のインターネット上の記事には、「ヒトとこれらのサルの発声器官の違いが関係しているのではない」ともあります。いかがなのでしょうか。

やはり、発声できない主たる原因は、「実際に発声するための脳神経回路が欠けていること」にあると思うのですが。

浅学非才で、チンパンジーの発声について、学習したことがないので、本当のところが分かりません。

宜しくご教示いただければ、幸甚に存じます。

該当の記事のある参考文献等があれば、これまた、ご教示ください。

以上よろしく、お願いいたします。

敬具

尚、ご返事は、まことに恐縮ですが、kutaijijoururiji@yahoo.co.jpに、お寄せいただければ、ありがたく存じます。

孫に、教える都合もあります。無礼な便りとはなりましたが、宜しくお願い申し上げます。

（右記の手紙は、横書きである）

この手紙を書き上げ、打ち出し、封筒に詰め、切手を貼り、投函に向かい、先程、帰宅した。十月二十五日（水）、十五時五十分のことであったのである。

返事がいつ来るか、返事の内容がどうか、気になるところではあるが、『位置』第１６号の原稿の締め切りまでには、返事が届くまいと思われるのである。

で、本稿は、ここまでで、終わるのである。

そんなわけで、本稿は「（１）」なのである。御寛恕頂きたい。

こんな教室

水《みず》内《うち》経《つね》子《こ》

毎月第3月曜日は絵手紙教室がある。公民館は我家から歩いて10分、気楽に参加してもう5年になるだろうか。

先生は「運転手です」と言って岡山からいつも同伴で行動されるご主人は、ロビーで2時間の終了まで碁の本を読みながら物静かに待たれる。

先生は70歳代、明朗で前向き。

「下手でいい、楽しくやって下さい」と言われるのが先生のモットーです。

生徒は10数名、男性1人、女性60歳から70歳代の人が多い。

受講中、それは手も口も八丁の先輩達が、いつも生活談義を聞かせてくれる。

画材は各自、四季折々の草花、果物、野菜など持参する。

先生はぐるりと机を廻り

「ア、ええよ、もっと見て」

「ワッハハ、ワッハハ」

「この玉葱は美味そうじぁ」

「本当じぁ」と絵を見に来て賑やかだ。

今日も仲良し2人組が並んで座る前の席を見るとKさんが一人。

30分遅れてYさんが軽トラックでやって来るや否や「心配した」と一言。

Kさんは負けず「心配やこうせんよ」

「まあ」とYさん。

こんな調子でコンビの会話が始まるのだ。この二人は女学校時代の同級生、両者婿養子なので殊の外話が通じるのか、嫁の話から肥料の入れ方、亭主への苦情など……

今月は柚子の話になった。

柚子は何年が過ぎても実を付けない。

私が死ぬと実を付けると思っていたら、何と今年初めて花が咲き、小さい実が付いたんじぁー。

「まあ」

それは昨秋、柚子を沢山頂戴したので、その実を「こんな柚子を付けられえ」と言って柚子の木には刺があるので挿してみた。

その後すっかり忘れていたが、本当に花が咲き実が付いたので嫁にも見に行かせたとYさんが話す。

するとKさんも以前主人がそんなことをしていた。

私は「どうしたん気が狂ったん」と言ったら誰かが教えてくれたとか……

『位置』第16号

それを聞いていた一人が「あれは本当に実が付くらしい」と合点して大笑い。
昔の人は不思議なことを言い伝えている。
もう3時が来る。
「何枚描けましたか」
ハガキ2枚に柿の実を色良く付けたが、もっと立体的に描きたいが難しい。
先生は「美大を受験しないのだからいいよ」
と言われた。
まあ、いいか。

第十章

卒寿老想閑話

村《むら》山《やま》正《まさ》則《のり》

○高齢者の名称

六十五才から「高齢者」と称されるこの頃。七十四才までが前期高齢者。七十五才以上は後期高齢者と称される。それじゃ八十を過ぎると末期高齢者。九十を越えると終末期高齢者か。

この国には、昔から高齢者になると「お年寄り」という、美しくやさしい表現があるではないか。

○茶柱

朝、お茶をいれたら茶柱が立った。日本人はとかく昔から縁起をかつぐ習性を身につけている。小さな茶柱に一喜一憂する。いつ頃から言われ出したのか。それにしても、この頃のお茶は、缶入り、ビン入り、ペットボトル入り……の既製品ばかり。

「茶柱」――なんて言うと「……？」の御時世だ。

○下駄箱

下駄をはいて庭に出る。足の感触の快さ。この下駄履きでは、しかるべき建物には入れてもらえない。汚れたスニーカー、踵のつぶれた靴の光景よりは下駄はいかにも美的であり、清潔感がある。

下駄が消えて久しい。しかし、靴ばかり収められていて下駄が入ってないのに、「下駄箱」という名称が残っているのは、うれしいではないか。

○臓器の存在を知る頃

若い頃は、我が身の一部でありながら、体内の臓器は大人しい存在で所在不明で過ぎてきたが、高年齢を迎えるにつれて、脳、肺、心臓、胃腸、四肢関節たちがその存在に名乗りをあげ始める。もの忘れ、難聴、視力減退、動悸、食欲不振、四肢運動機能の減弱。……

ふと、年齢の数字をふり返るこの頃。

○大人の美学

最近のテレビにみられる無作法な食物光景。バカ笑い、バカ騒ぎはどうだ。更におえらいさん達のあれこれの謝罪への最敬礼の映像の数々。——かつての非常識が常識になっている。

常識が不安定になると、物事の評価の判断はどこに求めればよいのか。

「大人の美学」「ほほえみの美学」が消えて久しい。

○「老い」への男女差、「もう」と「まだ」

「男は自分で老いを感じた時、老人になる。女性は他人からそう見られた時、年寄りである」といわれる。——とかく男性は年齢の数字に弱いのか、「もう」、「今さら」……と消極的なつぶやきが多い。その点、女性は「まだ」の前向きの意欲をみせる傾向にある。

「もう」と「まだ」。日常生活の中での「生」への意欲の差が、男女の寿命の差でもあろうか。

さようなら「てるみくらぶ」

餅《もち》原《はら》ひろ子《こ》

「今テレビでやっているのは、あなたが言っていた旅行社じゃない」

三月末鹿児島の姉からの電話にあわててテレビをつけて見ると、中年女性が泣きながら頭を下げている。画面には「てるみくらぶ倒産」の文字が流れている。それは私がこの二月に初めて利用した旅行会社だった。

かねてから新聞広告でその安さに惹かれてはいたが、大手ではないからと申し込みを躊躇していた「てるみくらぶ」

でも最近特に割高感のあるニュージーランドの五日間九万八千円のツアーを見つけたら「大丈夫かな」は吹き飛び、飛びついてしまった。

五日間と短い日程だったが、ワイタンギ条約で知られている地近くのリゾート地に二泊して、ニュージーランド固有のカウリの森を歩いたり、ワイタンギ湾をクルーズした。周遊ツアーのようにバスで走り回らないから余裕があった。ニュージーランドの原生林の面影を残す羊歯の生い茂る道や、牛や羊の放された丘陵地帯を見ながら、最終日はオークランドに戻って来た。

このツアーの添乗員はてるみくらぶ社員の二十七歳のK子さんだった。

「みなさん、てるみくらぶは料金が安いからって心配してくださるけど、ちゃんとお給料貰ってますから安心下さい」

とおどける彼女はみんなに好かれ、また頼りにされた。

「小さな会社だから、内勤の事務も添乗も、またダイレクトメールの発送もします」

と色々な仕事を楽しんでいるようだった。

旅行最終日にオークランドの回転レストランで一緒に撮った写真に、私の旅のエッセイを添えてK子さんに送った。

「職場で読みながら、つい笑ってしまいました。また新しいエッセイ書いたら見せて下さいね」

との返事をもらってから、女社長の会見まで一週間もたっていなかった。

倒産が決まると、てるみくらぶの悪評が聞こえて来た。もう倒産するとわかっていたから、催行の当てはないのに、何か月も前の旅行の代金を値引きを条件に現金で前払いさせていたと言われた。だが、二月のニュージーランド旅行の終わりに次回の旅行をもっと快適にするためにとアンケートを配ったK子さんを思うと、とても世間で言われているように粉飾決算を会社ぐるみで行い、全社員が確信犯的にお客を欺むいたとは思えない。

ただK子さんも言っていたように、テロなどで観光客が落ち込んだ時、次につなげたいからと現地の手配会社との関係を絶たずに、一時期トルコ八日間四万円なんて採算のとれないツアーを平気で売っていたそのいいかげんな経営感覚が災いしたのではないか。あくまでも粉飾決算に関わっていたのは社長と数人の幹部社員だけで、若手社員は、倒産の数日前に知ったのだろう。

格安のニュージーランド旅行が、ホテルも観光の内容も一般のツアーと遜色がなかったので、私は兄弟や旅好きな友達にてるみくらぶを大いに宣伝していた。何よりこの格安な旅行会社を知ったことで、海外旅行好きな自分の未来が開けたような気がしていた。だがそれもつかの間の夢に終わった。

新卒でてるみくらぶに内定していた人達は、他の旅行会社に入社できたという話も聞いたが、外国語大学を卒業し、海外への夢をふくらませがんばっていたK子さんは今どうしているだろう。願わくばどこかの旅行会社で、どこかの添乗の地でありますように。

そしてひょっとして私の長年の夢であるマチュピチュやエジプト旅行の、客と添乗員として再会できたら、こんなうれしいことはないのだが。

ミュンヘンの学生街

柳生《やぎゅう》尚志《たかし》

ドイツ・ミュンヘンへの旅は今回（二〇一八年）で四回目となる。最初の二回はマリエン広場の観光名所からくり人形の見物や二つのピナコテーク（美術館）の鑑賞で明け暮れたが、三度目（二〇一六年）の訪問で、新しい区域を開拓できた。それは意外にも毎回通ったピナコテークの背後にあった学生街であった。

ミュンヘンに惹かれる心の片隅に、岡山ゆかりの明治の画家、原田直次郎の存在があった。岡山藩の支藩鴨方藩の医師原田一道の次男として文久三年（一八六三）東京の藩邸で生まれた直次郎だが、画家を志し、一足先に留学していた兄の勧めで、二十一歳でミュンヘン美術アカデミーに入学する。新しく知った学生街は近くにミュンヘン大学があり、昼も夜も学生が行きかう。そこはまぎれもなく直次郎が青春の日々を送った街であった。

この地で直次郎は軍医であり作家の森鴎外と知り合う。直次郎は寄宿先の同じ建物内のカフェ・ミネルバの女、マリーと恋仲になっていた。この間のいきさつを鴎外は直次郎をモデルにした小説『うたかたの記』や『独逸日記』に書いている。

『独逸日記』によるとマリーは「妾」とされている。実は直次郎は既に妻帯者で妻子を日本に残していた。

直次郎の周辺にはもう一人の女性、学友のチェチュリアがいた。鴎外はマリーはやせて容色が劣る。才気もなく貧しい家の娘と酷評。一方、チェチュリアは良家の子女。美人で才媛と評している。チェチュリアは直次郎に好意を寄せていた。鴎外は直次郎がなぜマリーを選んだのか不可解と言う。

男女の機微は分からない。マリーは妊娠していたらしいのだが直次郎は三年余で単身帰国する。彼を待ち受けていたのは岡倉天心らによる洋画排斥の嵐だった。

これに抗して彼は渾身の力作「騎龍観音」を油絵で描く。縦三メートル、横二メートルの大作である。東京帝大教授の外山正一が「観音は綱渡りのサーカスの女に見える」と酷評、すぐさま鴎外が反論した。

「騎龍観音」は三度見ている。東京近代美術館と岡山県立美術館開館記念展と二〇一六年に開かれた「原田直次郎展」である。

確かに奇怪な絵である。白衣の観音が龍の上にすっくと立っている。ミュンヘン時代の迫真の名作「靴屋の親爺」や「ドイツの少女」との乖離にとまどう。

ここでミュンヘンの学生街に戻ろう。『うたかたの記』の書き出しは「幾頭の獅子のひける車の上に、勢いよく突っ立ちたる、女神バワリアの像は、先王ルウドウィヒ第一世がこの凱旋門に据えさせしなり…」と書く。

ミュンヘン大学のすぐ先にこの凱旋門は立っている。獅子が引く車の上に立つ女神。これはまさしくドイツの騎龍観音だ。

この凱旋門を眺めながら送った直次郎の青春の日々。「騎龍観音」は明治二十三年（一八九〇）に描かれた。ミュンヘンから帰国後、三年たっている。ミュンヘンアカデミーで歴史画を学んだ直次郎。洋画排斥論への回答として日本的主題を洋画で表現したのである。絵筆を握る彼の脳裏に浮かぶのは若さを燃焼したミュンヘンの日々。それを見下ろしていた凱旋門の女神。

直次郎の病は進んでいた。大作に挑みながら生きる証しを追い求めた。バワリアや観音のりりしい姿にマリーやチェチュリアの面影が重なったに違いない。

帰国して十二年、直次郎は三十六歳で逝った。

二〇一八年、私はミュンヘンの学生街で遊び、凱旋門の女神を仰ぎ見る。

ニセアカシアにご注意を

矢《や》内《ない》州《くに》子《こ》

自宅の裏に、ニセアカシアの巨木がある。この巨木が迷惑な木にかわった時、初めて正確な名前を知った。アカシアといえば、北原白秋の「この道」に「あかしあの花が咲いている」とうたわれている。往年の歌手のヒット曲、西田佐知子の「アカシアの雨がやむとき」、石原裕次郎の「赤いハンカチ」にもアカシアが出てくる。札幌の街路樹はアカシアの似合う街。〝アカシアとニセアカシアがどう違うのか〟深く考えたことがなかった。

２０１７年6月北海道鶴居村が釧路湿原国立公園内にある、村所有地にはちみつを採取目的で、６００本の苗木を植樹した。アカシアと間違えて、ニセアカシアを植えてしまったが、全く気が付かなかったらしい。その年の8月、国の「生態系被害防止外来種」に指定されているニセアカシアの木とわかり、村は環境保護団体から指摘を受け、撤去したニュースは記憶に新しい。それほど見分けのつかない植物のようだ。裏庭の木も植えられたのではなく、どこかから種が運ばれ自生したと思われる。

初夏には、真っ白い蝶型の花をつけ、いい香りが漂い小鳥や虫を誘う。野鳥のさえずりが聞こえ、ミツバチが群がる。ところが、花が散り始めると、厄介ものにかわる。落ち葉の季節にも悩まされる。大量の花や枯葉が、自宅の屋根、庭、ガレージと、ところかまわず降り注ぎ、油断すれば、樋がつまり害虫がわく。風の強い夜が明けると掃除にうんざりする。

ニセアカシアの上には送電線が二本あり、強風が吹くと、枝が電線を叩くために、電力会社が何度も枝を切ったが、その度に、さらに大きな枝を張り、繁殖力がすごい。

気が付いた時には、直径が1・5mにもなり、株が大きく坂道にはりだし、軽車両や農作業車が通行出来なくなってしまった。そればかりか、最近は次第に我が家の方に、傾いてきた。

何とかならぬものかと行政に相談に行くが、思いがけない壁にぶつかってしまった。木の根元の1／3が墓地に掛かり、2／3が道路にはみ出している。墓地の所有者の許可が必要になった。墓地には、当然亡くなった方の名前等、個人情報が、刻まれているが、その関係者は一様に知らないという。ここ2～3年お参りした形跡も、手入れされた様子もなく夏草が立ち枯れしている。6～7年前、お酒に酔った女性が、運転を誤り、この墓地に飛び込んだことがある。深夜ものすごい音がして、出てみると乗用車が墓石の上に乗っていた。まるで鳥串に車が刺さった状態で、笑うに笑えない奇妙な事になっていた。引き揚げの依頼を受け、クレーンで引き上げ、墓の修繕の手続きも依頼を受けた。墓石の修繕には、墓地の持ち主と墓石の関係者が立ち会い、檀家の和尚さんが魂を抜き、墓石が出来上がった時に魂を入れて読経を上げてもらった。この費用は保険会社が支払い納まった。

それがなぜ、迷惑なことになると、「知らない」と言われるのが解せないが、行政はそれ以上介入が出来ず頓挫しかけたが、「倒木すると危険である」との判断で伐採してもらえることになった。

伐採当日、片側通行の為、道路の前後の交通整理二人。木を切る人が入る高所作業車のバスケット付トラックに二人。伐採の指示を出す人一人。切った木を釣り上げる人一人。木を仮置きする場所での整理する人一人。総勢七人が早朝から夕方までかかって撤去した。大金がこの迷惑な巨木に支払われたであろう。あたりは夕暮れに包まれ、切り株だけが、なにかを語っているようだった。

最近、耕作放置地の諸問題がニュースに取り上げられている。所有者不明の敷地からはみ出した木々や、倒木など。私も実際に迷惑な事態に直面し、解決できたからよかったものの、自宅や事務所が倒木の被害にあったなら、どこに責任をぶっつけたら良いのだろうか。

趣味の効用

山《やま》﨑《さき》吉《よし》郎《お》

若い頃、関西に住んでいた。東大阪市にあるカレーを作る会社の研究室に就職し、新しい味の開発に努めていた。最高級のカレーを世に出すため、三年かけて高価な材料を使いこなし、有名女優のコマーシャルにのせて販売した。しかし、消費者の好みと違ったのか、道半ばで販売は中止された。通勤ラッシュにエネルギーを消費し、同じ電車に乗っている中年男性の、疲れた顔を見る度に、自分の未来もこうなのかと、何とも言えない淋しさを味わっていた。そんな折、田舎の父が事故で亡くなってしまった。長男の私は、田舎に帰るべきか一人で迷い、悩み続けたが、年相応の精神的危機であると思い、新たな気持で出直そうと、少し早い結婚をした。

新居は武庫川のアパートに決めた。会社帰りは、近鉄、環状線、阪神電車と乗り継ぐので、途中下車を楽しむことが多くなる。河川上にある阪神武庫川駅に下車して、細い橋を渡って家に着くのだが、枠組みだけの橋は、六甲おろしの吹き曝しで、全く酔いが覚めるのであった。そんな頃上映されたのが「シャルウィーダンス」だった。役所広司が演ずる疲れたサラリーマンが、通勤帰りの電車から眺めるダンススクールに、魅かれていく内容であるが、どこか自分と重なる印象があった。ある日のこと、いつものように橋を渡って帰っていると、迎えに出ていた家内が、私の歩き方で帰ってきているのが、遠くからよくわかると言った。そんなにカッコよく歩いているのかと、内心喜んでいたら、そうではなかった。前屈みで、足をピョコン、ピョコンと上下運動させるので、すぐにわかるのだと言う。まるでチャップリンではないか。これは反省して直さないといけないと思ったが、自覚がないので、どう矯正していいのかわからない。通勤途中のガラス戸に写る姿を、横目で眺めてみたりした。映画のダンスレッスンでは、姿勢を徹底的に直されている場目が多かった。そこで、ダンスが姿勢を直すにはよいと閃いた。しかし、私にはダンスを習いに行く勇気はない。自分の性に合わない。残念だが実行できないで時が経っていった。

それから三十年が過ぎ、退職してから豊富な時間を手に入れた。中学生の孫がやってきた時、姿勢が悪いので、自分のことを棚に上げて注意していたら、彼は剣道部に入った。すると次に会った時、見違えるほどいい姿勢になっていた。剣道というスポーツは、姿勢がよくなければ勝てないのだろう。私には剣道の強い同級生がいるので、教えてもらおうと思ってみたが、今から頭を打たれるのは、健康によくないのでやめた。

私は以前から絵を描く趣味をもっている。そのため画材店によく行く。ある店ではいつもリズミカルな音楽が流れているので、どうしてなのか尋ねてみた。この店主はダンスに凝っているらしく、身振り手振りで会う度に説明してくれるようになった。とても楽しそうに話すので、私にもできそうな気がしてきた。その気にさせたのは、三十年前の家内の言葉とあの映画であった。自分には向かないと思っていた趣味だが、やってみて意外にうまくできた時の喜びは大きい。映画の中で役所広司や竹中直人が演じた役を、自分がやっているのは滑稽であった。私はレッスンで何度も注意されても、下を向く癖がでてしまう。これでは女性にもたれ掛ってしまい、迷惑になるので、パーティーでドレスアップした相手に気をつかうばかりであった。押しても引いても動いてくれない人もいた。レベルの判断基準は、先ず姿勢なので、惨めさを感じるのは仕方ないことだった。ステップは音楽リズムより少し早く動かなければならないが、若干遅れてしまう。普段カラオケでリズムより遅れて歌うことに慣れているためか難しい。やっぱり自分には向かないのかと、また迷ってしまった。

誰にも内緒で始めたダンスとはいえ、ここで諦めると元も子もないと考え直して、教室以外での作戦を開始することにした。暗くなってからウォーキングに出かけ、誰もいない公園で汗をかきながらシャドーダンスを続けた。リズム感を身につけるために、ヘッドフォンを購入して体を動かした。そして始めてから十年が過ぎたある日、三十年のベテラン組から、「背中の線がきれいだよ」と言われた。思い掛けないこの一言の嬉しさは大きかった。トラウマを消す力を与えてくれた。長い間、頭に焼きついていた姿勢の悪夢から解放された気持になった。

ダンスの歴史には詳しくないが、ヨーロッパにおいては、社交、特に女性との交流の場として重要な位置を占めていたのだろう。日本では、そのような催しが少なかったのは淋しい。高齢化社会における健康を維持する要素も多いと思う。これからはダンスパーティーで、女性の笑顔に出会う機会が増えるかも知れない。期待と不安に胸膨らむ今日である。

義母の旅立ち

横《よこ》山《やま》文《ふみ》子《こ》

私は五十六歳の時仕事を辞めて痴呆の義母と向き合って看病する日々。義母は八十五歳だった。六畳の部屋のベッドに横になりそばに便器を置いて用を済ましていた。ある日、便器に血便を見た。異状を感じた私は診察を受けるため市民病院へと義母を連れて行った。

診察の結果胃癌と診断されたが高齢のため手術は不可能と言われ入院しての治療となった。毎日腰の辺りを襲う激痛に苦しむ義母。私が少々さするくらいではおさまるものではない。

何も口にすることもできず、鼻に管を通して栄養剤の補給、下には管が通された。管があるためにおしめに付く便を取り換えるのは難しくお尻のただれは次第にひどくなる。ただれを防ぐために番茶で局部を消毒する毎日である。

夜な夜な看護師の見回りの足音は夜の静けさを破り十分に眠ることはできずほとほと体力の限界を感じる毎夜の私。気付けばはや六カ月も経過しているのだった。

ふと病室の窓に目をやると雨が降っている。外は雨に煙り雨に洗われた木々の緑は美しく光っている。二号線も見える病院のため、走る車は雨を蹴りながらしぶきをあげて忙しく走っている。

雨降りの情景を眺めるのも気分が休まるものだ。

ああ！　同室の老人が亡くなられた。続いて翌日また一人亡くなられた。ついに義母一人の病室となった。いずれ義母にも訪れるだろう死の恐怖。薄暗い病室で話しもできない二人だけの陰湿さに耐えられない日々だが、土曜、日曜日は夫と息子が交替で看てくれるため私のほーっとできる休息日である。

緑も美しい平成五年五月十九日、義母の容態が急変。医師の心臓マッサージも用をなさず息絶えた。病室は悲しみに打ちひしがれた家族の涙、涙。

葬儀も済み、子供たち家族はそれぞれの家へと——。淋しい夫と私との二人の夜。夫は私に背を向けて号泣している。酒乱の父親が母をさんざん苦労させる中で一生懸命自分を育ててくれた母親の姿を思い出し、しかも一人っ子であるための夫の悲しみの爆発であるのだ。

現在、九十歳を迎えた夫ながら時に夜になると母親を思いだすのであろう。涙ぐんでいる夫を目にする私は慰めの言葉を失ってしまう。

女性として最高の人であると絶賛する夫の言葉に、私は唯々あぜんとして夫の顔を見詰めるばかりである。

義母は親孝行の息子を持って幸せな生涯だったと感嘆するばかりである。

窓から見える星空のまたたきは、何故か悲しみの二人を慰めてくれるように光を投げながら夜空を彩っている。

ああ！　家族の死は耐えられない悲しみなのだ！

石部金吉

吉《よし》井《い》 有紀恵《ゆきえ》

母は、亡くなった父のことを「優しい人だった。何でも自由にさせてくれた」と懐かしがり、母の唯一の趣味だった編み物や裁縫の作品について「世界に一つだけのものだから素晴らしいと褒めてくれた」と自慢する。それは間違いではないかもしれないけれど、娘から見て、父の全部ではないと思う。父は、自分の好きなことばかりしていて、家や地域の面倒なことはすべて母任せで、母に甘えていた。口数は少なかったけれど、母には一通り、小言を言っていた。今、母は父の良かった所と幸せだった事だけを心に留めて、一人暮らしの淋しさに向きあっている。そんな母が、かつて「お父さんは石橋を叩いても渡らない石部金吉」と悪口を言ったのを覚えている。

幼い頃、私は父親っ子だった。父が帰ると、私はいつも父の胡坐の中にいたと聞かされた。耳掃除をしてもらい、お風呂に一緒に入り、上がるともつれた髪を丁寧に解きほぐしてもらった。4、5歳頃だったろうか。自転車の前椅子に乗せられて、三十分程かかる一番近い町の本屋さんにお供させられた。その行き帰りに、父は、私が理解するかどうかに構うことなく、自分の夢や憧れをうれしそうに話した。「橋の形がきれいだろう。科学はすばらしいよ」「フランス語を勉強してパリに行きたい」。そんな言葉が記憶に残った。

小学生になると、父は、私の「なぜ」のぶつけ相手だった。学校で習った電池や日食などについて、際限のない疑問にどこまでも答えてくれた。社会的な疑問にも、理屈一つで父に食い下がり、父は苦笑しながらいつまでも付き合ってくれた。

いつの頃からか、私は父によく似ていると思うようになり、〈娘は父に似るもの〉という説が腑に落ちるようになっていた。それと同時に、父が嫌いになっていった。無口でつまらない人と思うようになっていた。面白い話の一つもなく、趣味や仕事への情熱を語る訳でもなく、一緒にいて楽しいと思えなくなった。欠点ばかりが見えた。母の「石部金吉」発言にも（そうだ）と思った。けれど、どこか嫌な気持ちがした。

父は、意に沿わなかったり荷の重い仕事もあったようだが黙々と働き、周囲への愚痴を、耳にすることはなかった。けれど父への評価を変えることも起こらず、私の中の父がずっと嫌だった。

私自身も、自分の欠点に折り合いをつけながら、三人の娘の親になった。「娘は父親に似るもの」と確信した通り、娘たちの気質は、私の目には、夫にとても近い。楽天的でおしゃべりで短気なところもあり、長所も短所も似ている。

夫と娘たちのつながりは父と私との関係とは違い、衝突しながらも密接な時間を保っている。娘たちは、子供の頃からしばしば雷を落とされて反発していたが、アウトドア派の夫は、海水浴や山登り、スキーなどの遊びを計画し、長い間、皆一緒に楽しんだ。末娘は、高校生になっても、夫のキャンプの誘いについて行っていた。

次女の出産で、手伝いに行っている時のこと。娘が、上の孫を機関銃のように叱っていて、孫が可哀そうに見えたので、たまりかねて「怒りすぎじゃないの、お父さんそっくり」と決めつけて言った。次女はひどく腹を立て「お父さんを引き合いにださないで」と訴えた。娘の子育てに親が口を出すという過ちに加えて、娘の中の父親を丸ごと否定するような言い方だった。その時、娘たちが子どもの頃、夫の雷に当たった娘たちをフォローするために夫を悪者にしていたこと、成長した後も、夫への不満を娘たちに語って気持ちを晴らしていたことを思い出した。子どもたちは悪口や不満を理解しても、見下す気持ちが入っていれば、それを感じ取り悲しい気持になる。似ているかどうかには関係なく自明のことだった。母の「石部金吉」発言もそうだったのだ。

私が、父親と親密な距離を取り戻したのは、娘たちの学童期に、受験教育で悩んでいた頃だった。私の愚痴に付き合って「それは親も子も大変だ」と一緒に憤慨してくれた。好きなことが見つかればいいねなどと言いながら「これからはバイオの分野がおもしろいよ」と語ったり、気象予報士の記事を見せてくれたり、新しい将来も描いてくれた。娘たちの行く末についてはかなり読み違えてはいたが……。父と私は、広く興味が一致することを思い出し、いつのまにか父の嫌いなところは何でもなくなっていた。

先日、末娘が、「お父さん、怒りは六秒で消えるからね。私も六秒と思って押さえているよ」と言うのを聞き、（へー、やはり似ていると思っているのだ）と分かった。『短気』の処方を分け合っていたのが微笑ましく見えたが、二人には大きな悩みに違いない。

娘は父親に似るものという説は間違いがないように思える。

「違う　違う」

吉《よし》田《だ》園《その》子《こ》

「これ、アンタ?」　貫禄十分な年配のオバサンは、ディスプレーの案内写真を指差しながらギョロリと私を見た。展示会の時、最近メガネを着用している私は、あわててメガネをはずしてニッコリ笑って言った。「はい、私です。三年前の写真ですけど……」　オバサンは、私の顔を見直して言った。「違うわ、全然違うわ!」　そこまで言うか——と、思いながら私は黙って笑っている。

スタッフも店の人も何となく、アラッ～～という顔で様子を見ている。オバサンは、その様子に気付いたのか、少し態度を和らげて言った。「アンタ、これ、全部デザインしたんか?」「はい、もちろんです」グルリと作品を見渡して、もう一度、案内写真を見ながらニヤリと笑って言った。「まぁ、少しは面影もあるわなぁ。」（髪型が少し短くなった程度ですよ）と心の中でつぶやく。「デザインはどうやって考えるんや?」「いや、別に。石を見るとこんな形にとすぐにペンが動きます」「ふぅ～ん」ちょっと黙って私の顔を見、又、ジロジロと作品と私の顔を見比べる。しばらくして、急にキリッとした顔になると、誰に言うともなく「私は、宝石はいっぱい持っているんや」と言いながら勢いよく振り向きもせず会場を出て行った。名古屋の展示会の朝一番のお客である。

いろんな人がいる。いろんな展示会場で、いろんな人たちに出会う。驚いたり、憤慨したり、涙が出るほどうれしかったり。

二月初旬、大阪、和歌山、名古屋の地方巡業が終った。最終新幹線で、疲れきった私を岡山駅まで車で迎えに来た夫は、遠慮がちに車に乗るや否や「どうだった、売れた?」と、小声で尋ねた。売り上げよりも何よりも「参ったぁー」と名古屋の展示会の朝一番の一幕を話すと、夫は「アハハハッ」と大声で笑って、私を横目で見た。

家に帰ると、次の展示会の案内状が届いていた。大きく私の顔写真が載っている。夫は「年齢はでるね。やっぱり違ってきている」と言いながら、また大笑いした。

失礼だ！　私は鏡の前で案内状の写真と見比べてみた。別に三年前と変わりはしない。少し太って顔がまるくなったくらいだ。明日から痩せよう！　毎回決心するフレーズが浮かぶ。と、同時に若いスタッフが「今は、写真はどうにでも修整できますから」と言った言葉が思い出された。

いやな感じだ。私は顔でなく宝石をデザインして売っているのだ。

あとがき

岡山県エッセイストクラブ作品集・二〇一八・位置・Position・第十六号が、刊行の運びとなりました。昨年は十五周年でしたので、二十周年へ向けての新たな出発、というところでしょうか。

『位置』は、一年間のエッセイの活動のまとめというような役目を果たしています。投稿と違って、関所がないので、筆者は、枠、にとらわれず、自由にのびのびと書ける、という利点もあります。自分の一年間を振り返って、是非とも、これは書き残しておきたい、というような、心に留まる出来事を、自分なりの筆致で、書きとめていただければ、と願います。

今回も、約半数余りの会員の方々からの御寄稿があり、それぞれが、個性にあふれた、ステキな作品が集まりました。

自分の中の、歴史のひとかけら、として、書くこと読むこと、を両輪として、より向上をめざし、切磋琢磨しようではありませんか。

よりいっそうの飛躍を願って精進されるのを、心より願ってやみません。

二〇一八年四月

編集委員　一《いっ》瀉《しゃ》千《ち》里《さと》

岡山県エッセイストクラブ作品集
位置　Position　第十六号

二〇一八年四月一日発行

編集　岡山県エッセイストクラブ
701-1335　岡山市北区高松一一六-五
末廣　従弌方
TEL/FAX　086-287-2394
郵政会社振替
〇一三〇〇-五-七〇四〇四
岡山県エッセイストクラブ

編集委員　一瀉　千里　末廣　従弌
高尾　通興　竹内　李花
平松　眞弓
表紙　高橋　洋子
カット　谷　義仁

発行　和光出版
700-0942　岡山市南区豊成三-一-二七
TEL　086-902-2440

印刷　昭和印刷株式会社

ISBN978-4-901489-55-3